社内極秘婚ですが、溺愛旦那様の最高潮の独占欲で蕩かされています

marmaladebunko

高田ちさき

マーマレード文庫

目次

社内極秘婚ですが、溺愛旦那様の最高潮の独占欲で蕩かされています

プロローグ……6
第一章　運命の赤い糸……14
第二章　内緒の社内恋愛……105
第三章　トラブル続出!?　社内恋愛……134
第四章　社内恋愛に悩みはつきもの……174
第五章　秘密が秘密じゃなくなるとき……273

エピローグ…………298
あとがき…………319

社内極秘婚ですが、溺愛旦那様の
最高潮の独占欲で蕩かされています

プロローグ

「――もう我慢できない」

頼りない蛍光灯のあかりの下。私の目の前にひとりの男性が立っている。

「いいだろ?」

彼の瞳が鋭く光るのを見た。すぐに手を掴《つか》まれ抱き寄せられる。

相手の様子を窺《うかが》うようでいて、実のところはそうじゃない。誘惑を前提にした熱のこもったまなざしで射抜かれる。

――逃げられない。

色気に満ちた瞳にとらわれた瞬間から、彼のこと以外何も考えられなくなった。

じっと彼の瞳を見つめ返し、ゆっくりと頷《うなず》いた瞬間。

彼の唇が私のそれを奪った。

息をするのも許されないほどの強引さ。それでもその熱量から伝わってくる愛に満たされると、彼の首に腕を回して「もっと」と態度で彼を求めてしまう。

「文乃《ふみの》……かわいい。もうここで食べてしまいたい」

キスの合間に熱い息とともに囁《ささや》かれる愛の言葉に、一瞬自分もそうだと言いそうになる。しかしほんの少し流されずに残っていた理性がそれを押し留めた。

「ダメだよ、聡《さとる》。ここ会社だってわかっているでしょ?」

腰のくびれを楽しむように上下する彼の不埒《ふらち》な手を払い、私はそっと彼の胸のあたりを押して距離を取った。

不満げな表情の聡は、もう一度キスしようと顔を傾《かたむ》けてきた。私はそれをさっと避《さ》けて彼を軽く睨《にら》んだ。

「もう、ここまでで我慢して」

「文乃だって喜んでいたじゃないか」

たしかにそれはそうだが、だからといってこれ以上のことを、職場の資料室でするわけにはいかない。

私はさっきのキスで蕩けた顔を封印して、聡の唇に移った自身の口紅を拭いながら言った。

「矢立《やだて》君、そろそろ仕事に戻らない?」

私のそっけない言葉に聡は不満げだ。

「まだいいだろ。今は昼休みだ。矢立君だなんて他人行儀《たにんぎょうぎ》な呼び方しないでくれ」

「他人です。少なくともここでは」

あくまでビジネスライクな私に、聡はふてくされた様子で頭の後ろで腕を組んだ。

「別にいいだろ、今はふたりきりなんだから」

ここは五階の、会議室しかないフロアのさらに奥にある資料室。データがほぼデジタル化された現在では使う人はほとんどいない。

「ダメ。けじめはしっかりつけないと」

私は聡の少し曲がったネクタイを直しながら彼の顔を見る。しかし不満はまだ消えていない。

このままここにいては、彼が満足するまで付き合わされてしまいそうだ。色々《いろいろ》と。

「じゃあ、矢立君。午後からもお仕事頑張《がんば》ろうね」

「あ、おい。逃げるな」

廊下に顔を出して念のため誰にも見られていないのを確認してから資料室を出た。

廊下を歩き出そうとすると、廊下の角を曲がって営業部の同期男子がやってきた。

「お、十和田《とわだ》さん。こんなところで何やってるんだ？」

さっきまで資料室でキスしていたなんて到底《とうてい》言えない。

「ご、午後から会議室使うから。その準備しようと思って」

その作業は本当は昼休みが終わってからでも十分間に合うのだが、少なくとも嘘《うそ》はついていない。

「そっか、休憩《きゅうけい》中なのに大変だな。あ、そうだ。矢立見なかったか？」

「え！」

さっきまで会っていた相手の名前が出て驚く。動揺した私を同期の彼が不思議そうな顔で見ている。

「見てない」

少々ぶっきらぼうな言い方になったかもしれない。しかし彼はまったく気にとめていないようだ。

「そうか、あいつ時々この階でさぼってるんだよ」

「そうなんだぁ」

平静を装《よそお》いつつも、もうここでふたりで会わないほうがいいなと思う。手のひらに変な汗をかきながらなんとか笑顔を浮かべた。

「もし矢立を見つけたら俺が探していたって言って」

「わかった。見かけたら言っておくね」

「頼んだ」

手を上げて去っていく同期を見て、深いため息をついた。嘘をついたせいでドキドキしている。

「はぁ。もう心臓に悪い」

胸に手を当てながら深呼吸をした。

「うまくごまかせたな」

「きゃあ」

背後から声をかけられて、思わず上げた声を自分の手で押さえて、なんとか音量を最小限に留めた。

「いや、文乃焦《あせ》りすぎだから」

声をかけてきた聡を睨んだ。資料室でさっきの私と同期のやりとりを聞いていたらしい。

「文乃じゃなくて、十和田です」

「はいはい。十和田さん。かばってくれてありがとう」

にっこりと微笑《ほほえ》むその顔に思わず見とれてしまいそうになり、慌《あわ》てて我に返る。

「もう、ばれちゃうかと思ったんだからね。とりあえず早くここから離れて」

「いやだね。もう少し文乃の顔を見ていたい」

「だから十和田って呼んで！」

「わかったって。怒ってる顔もかわいい」

「もう！」

何を言っても暖簾《のれん》に腕押し、糠《ぬか》に釘、馬の耳に念仏。こちらの言葉などまったく気にしてない。

もっともこんな態度をとっていても、聡に対して本気で怒るなんてできないんだけど。

「会議室の準備するんだろ。手伝ってやる」

「でもふたりでいるところ、あまり見られないほうがよくない？」

「同期なんだから手伝ったっておかしくないだろ。行こう」

聡がポンっと私の背中を叩いて、先に歩きだす。

本当のところデジタル機器の配線に自信がなかったのだ。私が機械全般がダメだってわかっているから、手伝いを申し出てくれたのだろう。

「ありがとう。助かる」

彼の後に続きながらそう言うと、振り返って小さく聡が微笑んだ。

会議室の準備を終え在籍する経理部に戻ると、なんとなくフロアが騒がしかった。

何人かが集まって、先輩の南部奈々恵《なんぶななえ》さんのノートパソコンを囲み何やら話をしている。

私はそこに近付き、声をかけた。

「何かあったんですか？」

私の声に、その場にいた人が振り返る。それと同時に、今まで見えていなかったノートパソコンの画面が目に入った。

「辞令？」

季節外れの辞令に、首をかしげる。その様子を見たひとりの人が声を潜《ひそ》めた。

「どうやら懲戒人事《ちょうかいじんじ》みたい。社内恋愛がばれたんだって」

「えっ！」

動揺して声を上げる。あまりの驚きように南部さんは呆れ顔だ。

「十和田さんったら、驚きすぎだよ」

「ご、ごめんなさい。びっくりして」

「ああ、初めてだっけ？　社内恋愛禁止の掟《おきて》を破って飛ばされる人見るの」

「……はい」

「まあ、久しぶりだからね。こういうこと」

五年先輩の南部さんは、何度かこういう人事を見てきたらしい。

「本当なんですね、社内恋愛が禁止って」

その言葉に、周りにいた何人かが苦笑いを浮かべながら頷いた。

「残念ながら、そうなのよ。この時代に社内恋愛禁止なんてね」

南部さんも辞令を気の毒そうに見つめている。

ここにいる誰かが当事者というわけじゃない。だから皆同情はしているけれどその程度だ。しかし私はそれ以上の感情を持っていた。

明日は我が身。

そんな言葉が思い浮かんで思わず小さく身を震わせた。

言えない、絶対に言えない。

私と聡が、社内恋愛どころか結婚しているなんて！

第一章　運命の赤い糸

四月一日、桜の花が舞う美しい季節。

私——十和田文乃は神郷《しんごう》自動車株式会社の入社式を緊張の中無事終えて、他の新入社員と一緒にオリエンテーションを受けていた。

明日からは、午前中が全体で受けるマナー研修。午後からはグループに分かれて、各セッションでのOJT研修を行う。これは新入社員側と受け入れる部署でそれぞれの適正や相性をみるために行うものだ。

私の母と兄は税理士で、ふたりで事務所を経営している。私も繁忙期には家業の手伝いをしていた。それに加えて私自身も学生時代に経理関係の資格を取得していたので、入社後の所属は経理部を希望したが、もしかしたら他に適性があるかもしれない。そう思い、明日からのOJT研修をひそかに楽しみにしていた。

ずっと入社したかった会社。そこで働ける喜びで胸をいっぱいにして、わくわくしながら私はオリエンテーションを受けていた。

講師が次の研修項目の準備を始めた。機材の接続がうまくいかないのか少し時間がかかっている。

集中が途切れたとき、ふと視線を感じた。そちらに意識を向けると、同期入社の矢立聡が離れた席から私を見つめていた。

急に目が合ってドキッとする。そんな私の様子に気が付いたのか、口元をわずかにほころばせたその姿に余計に目を奪われた。

集中しなきゃいけないのに。そう思っても抗《あらが》えないほど彼は人を惹《ひ》きつける。

少し長めの鴉《からす》の濡羽色《ぬればいろ》の艶《つや》のある髪。そこから覗《のぞ》く意志の強そうな、わずかに吊り上がった美しい目。すーっと通った鼻筋に、薄めの唇。笑うと白い歯が覗き、整った顔が一気に親しみやすくなる。

はぁ、今日もかっこいいな。

初めて見るわけでもないのに不思議だが、ついつい見とれてしまう。

そんな彼が今日しているネクタイは私が選んだものだ。他に高級なネクタイもたくさん持っているはずなのに、入社日という特別な日にちゃんとつけてくれる、そんなところも好きだと改めて思う。

彼自身、神郷自動車に入社するのは〝仕方のないこと〟だと最初は思っていたらしい。しかし一連の入社試験で考えが改まったと言っていた。必死になって入社した私からすれば、なんて贅沢《ぜいたく》な話なのだと思うけれど、人それぞれ立場というものがある。

——特に彼は……特別な人だから。

次の話が始まるまで、しばしの休憩と彼を見つめていたら、彼の背後にあるガラス窓にぽつぽつと雨粒が付いたのが見えた。

そういえば、私たちが出会ったのも雨の日だった。

＊＊＊

私と聡が初めて出会ったのは、神郷自動車の新卒採用試験のときだった。

WEB説明会、エントリーシートと履歴書の提出、WEBテストの結果を経ての会社説明会兼面接試験。ここまでなんとか選考に残れた私はがちがちに緊張した表情で、その日の面接会場である神郷自動車本社社屋に向かっていた。

まだ梅雨も明けきらぬ七月。大学はすでに夏休みに入っていたが、就活生はこの夏が勝負。私も御多分《ごたぶん》に漏《も》れず、第一志望の会社に入社すべく日々努力してきた。

朝からしとしとと降り注いでいた雨がつい先ほどやんだ。私はお気に入りのグレージュの傘をたたんで左手で持った。

余裕を持って家を出たおかげで時間は問題ない。そのはずなのに、何度も腕時計を確認するのは、きっと緊張しているせいだろう。しかし緊張と同時に、憧《あこが》れの会社で働くのを想像して胸を高鳴らせた。

本社ビルに近づいていくにつれて、黒や紺のリクルートスーツに身を包んだ男女が目につくようになる。私と同じく入社試験を受けるためにやってきたのだろう。

信号で足止めされて青に変わるのを待っていると、隣に背の高いリクルートスーツの男性が立ったのに気が付いた。この人も就活生かな？　と思いながら見ていると、彼のすぐ前に水たまりがあることに気づいてふと危ないなと感じた。

それと同時に目の端で赤い自動車をとらえた。

瞬時に目の前にあった水たまりが頭の中に思い浮かぶ。その瞬間お気に入りのグレージュの傘をバサッと広げて、男性の目の前に盾のように出した。

バシャ！

車が通り過ぎると、傘に水の跳ねる音がした。それと同時に足にも水たまりの泥水がかなりの量跳ねた。

「あっ……」

スカートは無事だったが、ベージュのストッキングは濡れて色が濃く一目で汚れているとまるわかりだ。

「君！　それ、大丈夫なのか？」

隣に立っていた男性が、驚いた様子でこちらを窺う。

「ええ。このくらいなら平気です。替えのストッキング持ってるので。それより、あなたは大丈夫ですか？」

私は困っていないと伝えるために、笑みを浮かべて男性の方を見た。

「あ、俺？　ああ、うん。君の機転のおかげで靴が少し濡れただけで済んだ。ありがとう」

「よかったぁ。スーツは着替えられないですもんね。今日試験ですよね？」

「ああ」

「頑張りましょうね。じゃあ」

私は彼に軽く頭を下げると、本日の試験会場へと足を速める。

「あ、君――」

男性が声をかけてきたような気がしたが、すでに私は歩きだしていて頭の中は着替えを済ませることでいっぱいだった。

「時間に余裕があってよかった」

早めに家を出た自分を褒めつつ、ストッキングを早く履《は》き替えたいとトイレを探した。

その日の面接を終わらせてエレベーターから降り、受付で来客用のＩＤカードを返却した。

面接は途中たどたどしくなったが、自分の言葉で考えをうまく伝えられたと思う。ほっとした気持ちで緊張をとき、エントランスを歩く。

「待って」

背後でそう聞こえた気がしたけれど、自分のことではないだろうと思い歩き続けていると、ぐいっと腕を掴まれた。

「えっ」

「ごめん、でも君全然気が付かないから」

振り向いた先にいたのは、面接の前、傘で泥水の被害から守った男性だった。

「あ、あのときの！　すみません、私のことだとは思わなくて」

「いや、急に呼び止めた俺も悪いから。それより――」

男性の視線が私の足元に移る。

「あ、これは……」

私の足、膝《ひざ》から下は泥水が跳ねたままだった。一応トイレで応急処置として拭ったけれど、完全に落とし切れておらず近くで見られれば隠せない。

「君、着替え持ってるって言ってただろ。そのまま面接受けたのか？」

「あ、うん。でも今日はテーブルがあったから、きっとばれてないと思う」

「そういう問題じゃないだろ」

呆れたような男性の表情に、私は眉を下げ笑ってみせた。

「大丈夫だよ、たぶん」

「たぶんって……これでダメなら俺も責任感じる」

責任って、そんな大げさな！

「え、いやいやいや。関係ないですから。そんなつもりで助けたんじゃないし」

「だとしてもだな、無関係じゃないだろ」

「本当にあなたが悪いわけじゃないの、実は――」

事情を説明しはじめると同時に「すみません」と女性の声が背後から聞こえた。今日はよく声をかけられると思い振り向くと、同じくリクルートスーツに身を包んだ女性が立っていた。

「あ、あのときの！」

私は本日二度目となるセリフを口にした。

「先ほどはありがとうございました。あの、これ」

彼女が差し出したのは、コンビニエンスストアのレジ袋だ。私はそれを受け取ると中身を確認した。

「え！　わざわざ買ってきてくれたの!?　あげるって言ったのに」

レジ袋の中には、新品のストッキングと期間限定のお菓子。

それを見て隣にいた男性は、私がまだ汚れたままのストッキングを身に着けている理由を察したようだ。

「それにこれ、このお菓子。食べてみたかったの！」

ここがまだ会社のエントランスだというのも忘れて思わず興奮してしまった。家の近くの店では売り切れてしまっていたのだ。そんな私を見て相手の女性も笑顔になる。

「伝線してるの教えてくれて、しかもストッキング譲ってくれるなんて。自分だって必要だったのに」

「私の場合は、少し汚れているだけだったから気にしないで大丈夫だよ。お礼は必要ないって言ったけど、せっかくだからありがたくいただくね」

私の言葉に、女性も笑顔を浮かべてエントランスを出て行った。彼女の姿が見えなくなると、振り向き隣にいる男性の方を見る。

「そういうことだったのか」

「そうなの、だからあなたが気にする必要なんてないの」

男性が唖然とした表情を浮かべる。

「しかし呆れるな。ちょっと君、少しお人よしすぎないか。人をかばって水たまりの水をかぶって、自分だって必要なのにストッキング他人に譲って。仮にもライバルだろ？　普通ならしない」

男性の言葉に私は首をかしげた。

「ライバル……そっか、そうなるのかな」

言われて初めて、そうなのかと思う。

「はぁ？」

しかし男性は私の緊張感のない答えに、呆れ切った声を上げる。

「いや、そんなふうに考えていなかったから」

「ライバルじゃないなら、なんなんだ？」

男性は私の答えに興味があるようだ。

「それは、来年から一緒に働く仲間？」

「はぁ？　そもそも内定さえ出ていない状態で、仲間と呼べる発想がおかしい。それにここは業界トップの会社だ。内定をもらえないやつのほうが大多数だ。もう二度と会わないやつらのほうが多いだろう？」

男性の言うことは間違ってはいない。けれど私は今までそんなふうに考えられなかった。

「でもみんなここの会社を受験してる時点で、仲間になる人たちだよね？」

「君は絶対受かる自信があるから言ってる？」

「それは……ちょっとどうだろう」

裏を返せばそういうことになるのか。考え方でこうも違うとは……。

「なんだよ、それ」

男性は私の言葉に我慢できなかったのか、声を出して笑いだした。まだ会社のエントランスだから、なんとか耐えようとしているせいで苦しそうだ。

「言っていることがちぐはぐだけど、前向きすぎる考え方が気に入った」

褒められている？　けなされている？　どっちだろう。

それでも私は少しでも自分の考えをわかって欲しくて、言葉を続けた。

「でも、でも、そう考えるほうがずっとやる気が出ない？」

「まあ、言われてみればそうかもな。根拠のない自信だろうけど」

「えへへ。みんな合格してるといいね。私、着替えてから帰るから。じゃあ」

私は手に持っていた、さっきの女性から受け取ったストッキングを見せて軽く手を振ると、彼に背を向けた。

「待って、君」

今度は間違いなく自分が呼び止められているのだと、振り返る。

「俺、矢立聡。君は？」

「十和田文乃です」

私が告げると、彼が小さく私の名を復唱した。

「十和田さん、これから時間ある？　今日のお礼にお茶でもどうかな？　お互いに情報交換しない？」

いきなりの誘いに驚いた。けれどそれが嫌なわけではなかった。もっと話をしてみたいという思いが心のどこかにあったのだ。

「六時からバイトなの。だから一時間くらいだけどいいかな？」

「もちろん、じゃあ先にそれ、着替えてくる？」

矢立君が指さしたのは、私が手にしているストッキングだ。

「うん、急ぐから少し待っていて」

「わかった。慌てないで」

そうは言われても待たせていると思うと慌ててしまう。私は急いで着替えを済ませ、彼に連れていかれるまま近くのカフェに移動した。

目の前にはラテアートがほどこされたカフェラテとガトーショコラ。それらを前に思わずニンマリと笑ってしまった。

「そんなに、うれしい？」

「え、あ……あはは」

そういえば、今日初めての人と一緒だったんだ。

いつもなら初対面の人についていくなんてことはしない。けれど今回は同じ会社を希望している同志だ。色々と話をしてみたいと思える相手だった。

「矢立君は、神郷自動車が第一希望なの？」

「あぁ、まあ。そうだな。実は俺ずっと海外にいて、新卒の歳《とし》になったら日本の企業に就職するっていうのが親との約束だったんだ」

「へぇ、すごい。なんだか私とスケールが違う」

単純に驚いてすごいと言ったが、わずかに彼の顔が曇《くも》った気がした。

もしかして触れられたくないのかもしれない。そう感じた瞬間に彼のほうが私に質問してきた。

「十和田さんは、どうして神郷なの？」

「お父さんが神郷自動車のファンでね。小さいころよくドライブに連れていってもらったの。ショールームとかも通っててね。だから就職するならここがいいなぁって。ちょっと、子どもっぽいかな？」

「いや、お父さんも喜んでいるだろう？」

彼の言葉にどう答えるべきか悩んだけれど、正直に伝える。

「私が小学生のときに亡くなってるから聞けないけど、生きていて内定が出たなんて聞いたら万歳《ばんざい》しそう」

明るい父だ。そのくらい大喜びしそうと容易に想像できる。

「悪い、知らなくて。俺」

彼がばつの悪そうな顔をしたので、慌ててフォローする。

「いいの、もうずっと昔の話だし。いい思い出がここにいっぱいあるから。就職の理由にするくらい。ね」

私は彼に胸を押さえて見せた。

実際に父を思い出し感傷的になる時間は、今はほとんどない。記憶の中の父はいつも笑っている。

「なんだか俺、就職に後ろ向きだったのが申し訳ないような気持ちになった」

「そんなことないよ。きっと矢立君みたいに世界を見てきた人は、会社からしたら欲しい人材だと思う。ねぇ、次の面接どういう対策する？　まあ、もし今日の結果がよかったらだけど」

数日の間に結果が出るはずだ。今は前向きに、最終面接に進めるのだと信じている。

「君なら大丈夫だろ。俺が面接官なら絶対に落とさない」

「あはは、本当にそうだったらよかったのに。ね？」

お世辞《せじ》だとわかっているけれど、期待しないほうがいいと言われるよりも何倍もいい。

気分がよくなった私は、思わず大きな口でガトーショコラをほおばった。

「おいしい？」

「ん？」

感想を聞かれて、彼の方を見ると、頬杖《ほおづえ》をつきながら優しい目でこちらを見ている彼と目が合った。

「どうかした？　矢立君も食べる？」

「いや、かわいいなって思って」

か、かわいい？　私が？

「ん、ぐっ……っ」

突然かわいいだなんて言われて、思わず口の中のケーキを丸呑みしてしまった。慌てててカフェラテを飲む私を見て、矢立君はクスクスと笑っている。

「はい、これ」

新しいおしぼりを手渡される。きちんと拭ってから抗議する。

「そういう冗談やめて。慣《な》れてないの」

大学入学後に初めてできた彼氏とは、一年ももたずに自然消滅。それから好きだと思う人にも出会っていない。男友達は多いけれど、こんなふうに女性として扱われた経験がほとんどない私には、たとえ冗談だとしても心臓に悪い。

「冗談じゃない、わりと本気で言ってるんだけど」

「な、なんで？」

「なんでって、個人の感想だから理由なんてないよ」

クスクスと笑われて、恥ずかしくて顔が赤くなっていくのがわかった。

「あ、そろそろ行かなきゃ」

「バイトだっけ？」

「うん」

残りのカフェラテを飲んでいると、「スマホ出して」と言われて素直に従った。すると彼は私の指を手に取ってスマートフォンのロックを解除すると、あっという間に自分の連絡先を登録した。

「スパイ映画みたい」

鮮やかな手さばきに驚く。

「嫌がられたらどうしようかと思ってた」

画面をタップしながら、彼がちらっとこちらを見た。

「嫌なんかじゃないよ」

「なら、よかった」

口元を緩ませた彼が「はい」と私のスマートフォンを差し出した。受け取りメッセージアプリを確認すると彼の名前があった。

なんとなくそわそわして、うれしいと思ってしまった。

「じゃあ、行こうか」

「うん」

立ち上がってお財布を出そうとすると、手で止められた。

「お礼がしたいって言っただろ。だからここは俺が払う」

「ありがとう」

お礼を言うと、先に出ているように言われたので、扉の外で待っていた。楽しくて時間があっという間に過ぎた。もう少し話をしていたかったというのが本音だ。

するとすこしして出てきた彼が紙袋を私に押し付けた。

「これ」

中を見ると、クッキーやフィナンシェなどたくさんの焼き菓子が入っていた。

「私に？」

「うん、バイトの後で食べて」

「ここまでしてくれなくても大丈夫なのに。でも、うれしい。ありがとう」

背の高い彼を見上げると、しっかりと目が合った。

「今日の結果出たらすぐ知らせて」

「うん、わかった」

「ダメなら、慰めてやる」

「意地悪言わないで」

むすっとすると、矢立君はなぜだか楽しそうに笑った。

「君なら大丈夫だよ。駅まで送る」

「うん」

歩きだした彼の隣を歩く。足の長さがずいぶん違うので置いていかれそうになった。けれど彼がすぐにそれに気が付いてゆっくり歩いてくれる。

優しい人だな。

それにこれ。このお菓子だって気が遣《つか》える人じゃないと咄嗟《とっさ》にできない。見かけも完璧《かんぺき》、それに海外の大学を卒業しているなんてきっと優秀なんだろう。本当に非の打ちどころがない人なんだ。

それに何より――。

隣を歩く彼をちらっと盗み見する。

「どうかした?」

「ううん、なんでもないよ」

「そっか」

不意に浮かべる笑顔が素敵なのだ。

まさにパーフェクトが服を着て歩いているような人。

彼について考えていたら、駅に到着した。

「じゃあ、気を付けて。結果報告して」

「うん、わかった」

「絶対だぞ」

なぜだか念押ししてくる彼の態度に、思わず笑った私は「じゃあね」と軽く手を上げて歩きだした。

就職活動って本当に大変で何度も心が折れそうになった。第一希望の会社の選考に残ることはできても次の選考に向けて準備をしたり、日々プレッシャーを感じて気の休まる日はない。

けれどどこんな出会いがあるのなら就職活動も悪くない。そう思うとこの短い期間も楽しみたいと、彼の顔を思い浮かべてそう思った。

素敵な笑顔だった……また会いたいな。

そのためには私が今日の面接を突破していないとダメだけど……。

でも、なんだかいけそうな気がする。

そしてその予感は見事的中し、最終的に私は無事内定を勝ち取った。

そしてやっと秋らしくなってきたころ、私は内定式の日を迎えた会場に入るなり私は周りを見渡して矢立君を探していた。

内定をもらったときに家族の次に報告をしたのは彼だった。もちろん彼も神郷自動車に内定し、今日はここに来ているはずだ。

今日まで何度となく彼とはメッセージのやり取りをし、通話もした。時々弱気になる私を彼は励まし、応援してくれた。彼も同じ立場だというのにすごく落ち着いていて、話をすると安心できた。

内定が出た後も、頻繁《ひんぱん》に連絡をして、学校やバイトや趣味の話を色々とした。いつの間にか、日常の中で彼の存在が濃くなっていた。だからこそ今日久しぶりに会えるのをお互い「楽しみだね」と言っていたのだ。

いた！

目立つ彼を見つけるのは簡単だった。でも広いホールの中ずいぶん離れた場所にいる彼は、すでにたくさんの人に囲まれ談笑《だんしょう》していた。今から駆け寄っていって話に割り込むなんてできそうにない。

少しがっかりしたのもつかの間、すぐに式が始まった。

代表取締役社長の話から始まり、内定書の授与。入社までのスケジュール説明など定番の流れで会が続き、最後の内定者懇親会《こんしんかい》では先輩社員も加わり、多くの人が会社の大ホールを埋め尽くした。

胸には大きな名札を各自がつける。先輩社員はそこに自分の名刺を入れて後輩の話に耳を傾け、アドバイスをする。内定者同士もたわいない話をして盛り上がった。

時間は決まっているが希望者は時間が過ぎても残っていられる会で、規定の時間が過ぎ社内の役員がいなくなった後には、社員の何人かが残って話をしていた。私も帰りがたくその場に残っていた。

「あ！　良かった。また会えた」

私は少し離れた場所から聞こえた声に反応して顔を上げた。するとそこには面接のときにストッキングを譲ってあげた女性がいた。

「ああ！　あのときもらったお菓子とってもおいしかった。ありがとう」

お菓子の感想を伝えると、彼女はクスクスと笑った。

「お礼を言うのは、私のほうだよ。知らない人にあんなに親切にしてもらったの初めてだった」

「えへへ。おせっかいなの」

「私は、岡野麻梨《おかのまり》。よろしくね」

「あ、私は十和田文乃です。春から一緒に働けてうれしい」

ここにきて初めて私たちは自己紹介をした。それも無理もない。入社試験を受け合格できるのはほんの一握りの人間だけだ。だからその場で会話をすることはあってもよっぽどでなければ、自己紹介などしない。

「ねぇ、連絡先交換しない」

「いいね。しよ」

岡野さんの申し出に、私はバッグからスマートフォンを取り出した。それを近くで見ていた男子学生が目ざとく見つけて輪の中に入ってくる。

「ねぇ、俺も心細いから連絡先聞いてもいい？」

急に現れたその人に驚いたけれど、岡野さんが「いいよ」と承諾《しょうだく》してしまった手前、断れずに連絡先を交換した。これから一緒に働く同期だし、できるだけたくさんの人と交流したい。いい機会だと思い、私も積極的に同期達と親交を深めることにした。

その結果、思ったよりもたくさんの人と、連絡先の交換をすることになった。

そうこうしているうちに矢立君の近くに移動していたので、私は話しかけようとチャンスを窺った。

でも彼の周りには現役の社員をはじめ、同期も加わり男女問わずひっきりなしに人がいる。

私もその輪の端っこの方にいたけれど、周囲のアグレッシブさにとても話しかけられる雰囲気ではないと思いあきらめて近くの同期と談笑していた。

しかし漏れ聞こえてくる話に意識が持っていかれる。

「ねぇ、矢立君って海外の大学を卒業したって聞いたけど」

「あぁ、そうだよ」

綺麗《きれい》な笑みに、周囲の女性たちは釘付けだ。

「すごーい。ねぇ、もっと詳しい話を聞きたいから連絡先――」

女性のひとりが矢立君の腕に手を伸ばした。しかし彼はそれをやんわりとかわす。

「あぁ、ごめん。ちょっと」

そういって歩きだした彼を彼女たちが「待って、どこに行くの」と止める。

振り向いた矢立君は苦笑いを浮かべていた。

「少しお腹が痛くて」

「あ、そうなの」

周囲から抜け出した彼を目で追ったが、そのまま会場の外に出て行ってしまった。すでに自由解散の時間になっている。もしかしたら帰ったのかもしれない。

同期の男性たちと話をしている間も、私の意識は矢立君に向いていた。

これから数人で場所を変えて親睦を深めようという話をしていたけれど、私はこの後バイトがあるのでと断って、みんなよりも一足早く会場を出た。

結局、話できなかったな……。

「会おう」とは言っていたけれど、特別に約束をしたわけではない。あの状況で話しかけに行く勇気もなく、私は少しがっかりしながら、エントランスを出て歩きだす。

社屋の正面にある横断歩道のところに来たときだ。「十和田さん」と声をかけられ振り向く。

「矢立君……もう帰ったんだと思ってた」

会えなくて残念だと思っていたので、自然と笑みが浮かんだ。

彼が会場を出たのはしばらく前だったはずだ。それなのにまだこんなところにいるのはなぜだろうか。

「待ってたんだよ。君を」

「えっ」

思いもよらない答えに驚いて固まってしまった。そんな私に彼は説明するように続ける。

「何度も話しかけようとしたけど、君の周りにずっと人だかりができていて全然近づけなかった。なんかずっと楽しそうに話をしていたし」

「人だかりができていたのは矢立君でしょ。近くに行ったけど話しかけられる雰囲気じゃなかった」

誰もが隙を見ては彼に話しかけているような状況だった。そんな中に割り込んでいくほど私の心臓は強くない。

「やきもち?」

「違う……そんなんじゃない。だって私そんな立場じゃないし」

少し仲の良いただの同期。それが私たちの関係だ。

「そんな立場ね。俺は十和田さんが俺以外の男と仲良くしゃべってるの嫌だった」

「えっ?」

突然の言葉に驚く。それなのに彼は私をもっと驚かせた。

「正直に言う。俺、君のことが気になってる」

驚きすぎて声が出ない。今なんて言ったの?

目を見開き彼を見つめる。私にまっすぐに向けられるその視線に偽《いつわ》りは感じられなかった。

ショートしそうな回路をなんとか繋《つな》いで尋《たず》ねる。

「それって、そういう……あの、好きってこと？」

しどろもどろの私がおかしかったのか、彼が笑いをこらえながら答える。

「そう、好きってことだな」

好きってはっきり言われた！

まさかの出来事に、心臓はこれまでにないほどドキドキしている。こういうときどうすればいいのかわからない。

「もしかして私、矢立君の彼女にも内定しちゃった？　あはは」

失敗した。絶対失敗だ。

告白された相手に言う言葉じゃない。恥ずかしすぎる。

自分でもどうしてこんなセリフを言ってしまったのかわからない。ますます自分で自分を窮地《きゅうち》に追い込んだ形だ。

「あ、あの！」

なんとか挽回《ばんかい》しようと焦って顔を上げる。すると柔らかい笑みを浮かべた矢立君の顔が思っていたよりも近くにあって、驚き目を見開いた。

「俺としては君さえよければ、すぐに本採用にしたいんだけどどうかな？」

「本……採用？」

「ああ。俺の彼女になってくれませんか？」

はっきりと告白された。疑う余地が一ミリもないほどまっすぐな告白。

「あの、えっと……」

恋愛経験がほとんどない私は、どう答えていいのかわからない。さっきみたいな失敗はしたくない。

焦っている私に矢立君が優しく問いかけた。

「俺のこと、嫌い？」

「ないない、絶対ない。むしろ――」

するっと心の内を言ってしまいそうになって慌てて口を閉ざす。

本当に今、言っていいのかどうか。

「むしろ、何？」

彼が答えを請うように一歩近づいてきた。真剣なまなざしに見つめられると心の中に留めていた言葉があふれ出した。

「好き……です」

途端《とたん》に頬に熱が集まるのを感じた。鏡を見なくても赤くなっているのがわかる。ドキドキとありえないほど早く動く心臓を服の上から押さえた。

「よかった。俺も十和田さんが好きだよ」

あ、わわわ……本当に、あの矢立君が私を？

ふわふわと足元がおぼつかない。夢かもしれないと思っていると彼がぎゅっと私の手を握ってきた。

「ここにずっといると他の同期につかまりそうだから、歩こうか」

「う、うん」

歩きだしてからも、ずっと手が繋がれたままだった。何を話していいのか、どういう態度でいればいいのかわからない。

たしかに何度もメッセージをやりとりし、通話も何度もした。嫌われていないのはわかっていたけれど、まさか告白されるとは……。

え、告白!?

「待って」

「ん、どうかした？」

足を止めた私に合わせて、彼も立ち止まる。

「確認なんだけど、私たち付き合うんだよね？」

目の前の彼がきょとんとした。

「当たり前だろう。もう今さら嫌だって言われても無理だからな」

「嫌だなんて……でもなんだか不思議で。ほら、またお互いのことよく知らないっていうかなんていうか」

私たちは出会ってからまだ日が浅い。メッセージでは二日と置かずにやりとりをしている間柄だけど、実際に会ったのは数える程度だ。

「たしかに急だというのは認める。だけど君が他の男と話をしているのを見て無性《むしょう》にイライラしたんだ。そんなやつ放っておいてこっちに向いて笑いかけて欲しいって思った」

「……っう」

そんなストレートに気持ちをぶつけられ、私の心臓が爆発しそうだ。

「こんな嫉妬心《しっとしん》を抱くなんて初めてで自分でも驚いた。だから早く自分のものにしてしまおうって、告白した」

「そ、そうだったんだ」

「急で驚いたよな」

私は無言で頷いた。でもその後、誤解があってはいけないと思いきちんと気持ちを伝えた。

「でも、あの、私もうれしかったから。これからよろしくね」

少しだけ繋がれている手に少しだけ力を込めた。するとへ返事だというように、彼が一度手をほどいてから指を絡めて手を繋ぎ直した。

これはいわゆる恋人繋ぎというやつでは。

ドキドキして、とうとう呼吸まで苦しくなってきた。

「で、今日はこれからどうする?」

「あの、私、バイトがあるんだ」

「え、また?」

「ごめん。誘われるってわかっていたら、シフト入れなかったんだけど」

シュンと肩を落とす。

しかし彼はそんな私に優しく声をかけた。

「まあ、残念だけど、気にしないで。俺の誘いをバイトがあるからって断る君だから、好きになったんだ」

「ん？　どういう意味」

「ははは、わからなくていいよ。もっと君を好きになったよ」

好きと言われると心拍数が跳ね上がる。今日はもうこのくらいにしておいて欲しい。

「じゃあ、バイト先まで送っていくよ」

「うん、ありがとう。面倒《めんどう》じゃない？」

「全然。むしろ送らせて欲しい。もう少しだけ一緒にいたいし」

「……っう、あ、ありがとう」

まっすぐに自分に対する思いを告げられ、恥ずかしさと動揺が隠せない。そんな私は顔を赤くして小さな声でお礼を伝えることしかできなかった。

「じゃあ、行こう」

「うん」

繋がれた手を引かれて歩きだした。あったかくて大きな手。自分をときめかせるその手に時々視線を向ける。するとそのたびにこれが夢じゃなくて自分の妄想《もうそう》でもなくて、現実なのだと思い知る。

――私、本当に矢立君の彼女になったんだ。

ふと彼の方へ視線を向けると、彼もこちらを見ていた。視線が絡むだけで胸がうずきうれしさが込み上げてくる。

自然と顔がほころぶ。

今日だけは許して欲しい。

だって彼の笑顔を見ているだけで、ときめいて胸がいっぱいになってしまうから。

そんな私の心を知ってか知らずか、彼もまた私に向けて甘い笑みを浮かべていた。

＊　＊　＊

「お待たせしました。それではこちらに注目してください」

マイクを通した講師の声で、ふっと我に返った。目の前には新しいスライドが表示されていて一気に現実に引き戻された。

それから後の研修はあっという間に終わった。ちょっと気を抜けばすぐに置いていかれる。必死になっているうちに一日目の研修が終わった。

片付けを終え、各々《おのおの》フロアから出る。聡が視線をこちらに向けてきている。すぐにスマートフォンを確認すると六階にある総務部の前で落ち合おうとメッセージが届いていた。

初日最大の難関を、これからふたりで乗りきるのだ。

そして私たちは顔面蒼白《がんめんそうはく》の総務部長を前に、自分たちの置かれている状況が想像していたよりもよろしくないとすぐに察知した。

「え、待って待って。もう一回言って。いや、待ってこっちに来て」

青い顔のまま立ち上がった総務部長は、ふらふらした足取りで私たちをミーティングルームに連れていった。

グループでディスカッションできるくらいの小さな打ち合わせ場所。椅子《いす》に座るように促され私は聡の隣に座った。

「それで、もう一回ゆっくり言って」

ふたりの前に座った総務部長は、頭痛がするのかこめかみのあたりを押さえながら目をぎゅっとつむった。

「わたしたち結婚しました」

聡がこれ以上ないほど簡潔な言葉で説明する。

「いや、あの。君たちはうちの会社が社内恋愛禁止だって知らなかった？」

「いえ、知っています。ですから、恋愛ではなく結婚を選択しました」

「あぁ、そういうことか。いや、ダメだろ。どっちにしろダメだ。いや、社長からそんな話は聞いていないのだが」

悩みの種を持ち込まれ、混乱している様子がよくわかる。

「はい。自分たちの話なので、自分で告げると言いました」

「自分たちでって、それは偉いなってならないから、これもう大問題だから」

興奮した総務部長が立ち上がり、落ち着きなくうろうろと歩きはじめた。

「お騒がせしてすみません」

「お騒がせどころじゃないよ!!」

総務部長は行き場のない苛立《いらだ》ちを言葉にぶつけるように吐き捨てた。

「君は神郷自動車の御曹司《おんぞうし》なんだから!」

とうとう興奮を抑《おさ》えきれなくなった総務部長が声を上げた。それも無理もない。私だって先月同じ気持ちになったばかりだもの。

＊　＊　＊

内定式を終えた後、ふたりの仲は順調だった。

呼び方も矢立君から聡へと変わり、彼も私を文乃と呼んだ。

そして迎えた十二月。街がクリスマスの飾りつけやイルミネーションで盛り上がる中、私たちは誰よりもクリスマスを心待ちにしていた。

待ちに待ったクリスマスイブ当日。聡の運転で訪れたのは、大手外資系のカメリアホテルだ。

「え、ここなの？」

「あぁ。さぁ、降りて」

エントランスに横づけするとすぐに降りるように言われた。

「ようこそいらっしゃいました。お食事ですか？　ご宿泊ですか？」

すぐに係員がやって来て、運転席を降りた聡に話しかけている。

「宿泊で」

「かしこまりました。ではこちらをどうぞ」

名刺大のカードを受け取った聡はこちらを振り返った。

「行こうか」

別のスタッフがやって来て私たちをフロントへと案内する。聡の愛車は白手袋をつけた先ほどのスタッフが駐車場へと移動させていた。

はぁ……すごいサービス。

感心している私は、この先ホテルの豪華《ごうか》さにもっと驚くことになる。

多くの人が行き交うエントランスには、見上げるほど大きなクリスマスツリーがあり、その下にディスプレイされているプレゼントを小さな男の子が目を輝かせて見つめながら、母親に何か語りかけていた。近くには老夫婦が手を取り合い笑い合っている姿もあり、幸せな時間がそこには流れていた。

その中を私は聡に手を引かれて歩く。きらびやかなシャンデリアに照らされながら隣を見ると、気が付いた彼も同じようにこちらを見つめる。

「ん、どうかした？」

「ううん。うれしいなって思って」

「よかった。今日は俺も楽しみにしてたから」

手続きを済ませたベルアテンダントに連れられ、最上階のスイートルームへと案内された。

扉が開いた途端、思わず声を上げた。

「す、すごい！　広い！」

興奮した私を見た聡は「気に入ってくれたらよかった」と微笑みかけてきた。

そんなふたりにベルアテンダントは「ごゆっくりお過ごしください。メリークリスマス」と声をかけて部屋を出ていった。

私は興奮したまま、早速窓際に向かって外の景色を眺めた。

「わぁ！　あんな遠くまで見える。すごい」

私は額が付きそうなほど窓の近くに立ち、好奇心いっぱいに外の景色を見る。

「子どもみたいだな、そんなにはしゃぐなんて」

「だって、本当にすごいんだもの」

夢中になっていると、聡が私を後ろから抱きしめる。

「喜んでくれて、俺もうれしい」

「うん……ありがとう。ねぇ、でもここちょっと贅沢すぎない？」

いくらクリスマスだからといって、学生の私たちが過ごすには少し、いや、かなり贅沢なホテルだ。

「初めて一緒に過ごすクリスマスだから、奮発《ふんぱつ》した。それにこういうときに使わなくて金なんていつ使うんだ？」

「それはそうかもしれないけれど」

付き合いはじめて知った聡の経歴は、私の想像をはるかに超えてすごかった。

海外の大学を飛び級で卒業し、入社までの二年間は趣味で友人と会社を立ち上げてアプリの開発をしていたこと。その会社はすでに知人に売却して今にいたるらしい。それは私でも知っているアプリで、得た利益は怖くて聞けないけれど、相当のものだろう。だから驚くほど豪華なマンションに住んでいても、神郷自動車から発売されたばかりの高級車に乗っていても納得ができた。

とはいえ、根っから庶民の私は、こういう場所には全然慣れないいんだけれど。

いつものデートは他の同級生たちがしているものとほとんど変わらない。普段は遊園地に行ったり、食事に行ったり。

場所もそのあたりの居酒屋やカラオケ店で、彼が贅沢だけを好んでいるわけではないのはわかっていた。

でもこういうときに、やっぱりその差は感じちゃうんだけど……。

ぼんやりと考えながら、私に回された聡の腕に手をかけると、聡が耳元で私の名前を呼んだ。

「文乃」

「ん？」

振り向いた瞬間唇が奪われた。最初こそ驚いたものの、抵抗なくそれを受け入れる。

甘いクリスマスデートの始まりだった。

難しいことは考えずに、楽しもう。

「あ、そうだ！　聡、メリークリスマス」

まだ部屋に入って間もないというのに、早速プレゼントを聡に差し出した。実は悩みに悩んで選んだものなので、彼がどんな反応をするのか気になって仕方なかったのだ。

「いきなり？　ありがとう、開けていい？」

様子を窺う私の期待に応《こた》えるべく、聡は綺麗にほどこされたラッピングを解いて、グリーンの箱を開けた。

「ネクタイか、綺麗な色だな。どう？」

「よかった、似合う！」

聡が首元に持っていくと、私は安心してパチパチと手を叩いた。紺と紫の中間色のような色。落ち着いた色だが、生地に絹糸が使われており光の加減で色味が変化して見える。

「気に入ったよ。ありがとう」

聡が顔に唇を寄せてきたので、目を閉じてそれに応える。

「ほっとした。入社式のときにつけてくれたらうれしいな」

「もちろん、そのつもりだ」

「べたなプレゼントになっちゃったんだけど」

「いいや、うれしいよ。ネクタイか。大事なときには必ずこれをつけるようにする」

聡の表情からプレゼントを喜んでいるのが伝わってくる。迷って選んだのでほっとする。

満面の笑みを浮かべ、聡に腕を絡ませた私を、聡はホテル内のレストランへエスコートした。

ディナーはシャンパンの乾杯から始まった。食事のマナーに自信がなかったのでフランス料理のコースと聞いて心配だったけど、聡が個室を用意してくれていたので、他人の目を気にせずに純粋に楽しめた。

「こういうマナーみたいなのって、どこで覚えたの？」

オマール海老《えび》を優雅《ゆうが》に食べる聡に問いかける。

「うーん、ほら、俺海外生活が長かったから」

「そっか。でもアメリカってハンバーガーを『がぶり』って感じだから、フランス料理とか食べる機会あまりないんだと勝手に思ってた」

「それは……そうだけど」

「小さいときから教えてもらっていたの？」

何気ない質問に、一瞬聡の手が止まる。

「うん、どうだろう。あ、それよりも今日のそのワンピースすごく似合ってる」

「え、本当に？　うれしい！　えへへ」

褒められ有頂天《うちょうてん》になった私は、話題が切り替わったことに気が付かなかった。

「じゃあ、そろそろお待ちかねのデザート食べようか。お腹大丈夫？」

「もちろん。デザートは別腹だから」

「言うと思った」

お互い笑いあっている間に、デザートが運ばれてきた。クリスマスらしくツリーに見立てられたパイ生地に、粉砂糖の雪がかかっている。アイシングで彩られたジンジャーマンクッキーや、星形のムース。雪だるまに見立てたジェラート。心を掴むかわいらしい一皿だった。

「かわいい。食べるのもったいない」

「でも食べるんだろう？」

「当たり前じゃない。それこそ本当にもったいない」

わくわくとフォークを持つ私に、聡は自分の皿も差し出した。

「いいの？　聡は食べないの？　おいしいのに」

甘いものが苦手じゃないはずなのにと不思議に思う。

「いいんだ。俺は後でもっとうまいものいただくから」

「え、何？　気になる」

興味津々の私に、聡はいたずらめいた笑みを浮かべた。

「君をお腹いっぱいいただくつもりだから、デザートは遠慮《えんりょ》しておく」

聡の言葉の意味を知った私の顔がボンッと音を立てたかのように、一瞬にして熱を帯びる。

「な、な、何言って」

羞恥心《しゅうちしん》からうまく言葉にならない。聡はそんな私に追い打ちをかける。

「ダメなのか？」

聡の手が伸びてきて、私の手に重なった。ぎゅっと握られ体温を感じるとますますこの後を意識してしまう。

「ダメ、じゃないけど」

「そう、よかった。すごく楽しみだ」

ご機嫌でコーヒーを飲む聡を、思わず恨《うら》めしい気持ちで見つめる。

「なんだか、味がわかんなくなってきた」

初めての夜ではない。それなのにこんなふうに堂々と求められると、恥ずかしい。

「それは悪かった。ほら、お詫びに俺のも食べて」

「まるまる太らせて食べるっていう童話思い出しちゃった」

わずかに唇をとがらせ不満げにしながらも、皿に手を伸ばす。そんな私を見た聡が
「はぁ」と憂鬱《ゆううつ》げなため息を漏らす。

「どうかしたの？」

私の質問に、彼は熱のこもった目で見つめながら答えた。

「デザートなんか放っておいてさっさと文乃をいただいてしまいたい、って言うのが本音《ほんね》。でも今理性で我慢してる。まだまだ夜は長い」

「う……もう少しだけ、我慢して。ね？」

彼の様子を窺っていると、上目遣《うわめづか》いになってしまった。それがよくなかったのか、聡の目が途端に色気を帯びたものに変わる。

「聡？」

「待つって言ったけど、やっぱやめた。急いで食べて。早くふたりになりたい」

恥ずかしいけど私も彼と同じ気持ちだ。私は顔を赤くしながら必死になって残りの

デザートを口に運んだ。

食事を終えて部屋に戻る。その間もアルコールで気持ちが大きくなっているせいか、いつにもまして頬を緩ませて、隣を歩く聡を見上げる。終始笑顔の私を見て、聡も笑みを漏らしながら部屋の鍵を開けた。

「どうぞ」

「ありがとう」

部屋の中は暖かいダウンライトのあかりに照らされていた。そこで目に入ったものに声を上げる。

「わぁ！　すごく大きな花束」

テーブルの上に置かれていたのは、真っ赤なバラの花束。それもかなり大きい。

振り返って聡を見ると彼は、美しい笑顔を浮かべて私の手を取りソファに座らせた。

「もしかして、それもプレゼントなの？　ホテルも食事も手配してくれたのに！」

興奮気味の私だったが、花束を持った聡が振り返ったとき、彼の顔を見て口を閉ざした。彼はそれまで浮かべていた笑みを消し、見たことないほど真剣な顔をしていたから。

名前を呼ぼうと口を開きかけたとき、いきなり彼がその場にひざまずいた。

「さ、聡？」

慌てる私をよそに、彼は花束を差し出した。

「文乃、これからの人生ずっと俺の隣を歩いて欲しい」

「それって……」

言いたいことはわかるが、本当に現実なのかと信じられない。そんな私に彼ははっきりと言葉を口にする。

「結婚しよう」

「……っ」

突然のプロポーズに、私は言葉を失った。

ただ目を見開きじっと聡の顔を見つめる。

「驚くのも無理もないと思う。でも君以外の誰かとこれから先、一緒にいるのを想像できないんだ」

まなざしは真剣そのもの。言葉に嘘がないと物語っている。だからこそ、私は衝撃を受けた。

もちろん聡の気持ちを疑ってなどみじんもない。けれど結婚となると話は別だ。

「でも結婚って……いきなりすぎない？」

「文乃は一度も俺との結婚を考えたことはない？」

そう言われて、ないとは答えられなかった。実際に何度か考えたからだ。寝る前のベッドの中で、お風呂《ふろ》で、ときには紙に矢立文乃と書いたことさえある。

「でも、私たち付き合ってまだ二ヵ月だよ」

「時間の長さは関係ないだろ」

「それはそうかもしれないけど……」

聡が花束を左手で抱え、右手で私の手をそっと握った。

「文乃しか欲しくない。これから先もずっと。だから時間を無駄にしたくないんだ。一緒に過ごす時間が一分一秒でも長く欲しい。文乃は違う？」

聡の言葉が胸をつく。

これから先、聡以外の人と恋ができるだろうか。おそらくできないだろう。それくらい私にとって唯一の恋人が聡だった。もし彼と何かの原因で別れたとしても、もうこの先、彼以上に好きになる人はできないと思えた。

だったら結婚にはいいことしかないじゃない。

もともと思考が単純な私が至った結論は、ものすごくシンプルなものだった。周囲に言えば浅はかだと言われるかもしれない。でも私は他の誰かの意見ではなく、彼と自分の気持ちを尊重したかった。

「私も好きだから、結婚したい」

気が付いたときには、思わず返事を口にしていた。

「文乃っ！　あぁ、よかった」

握られていた手を引かれて私が立ち上がると、一緒に立ち上がった彼にぎゅっと抱きしめられた。

聡は私の髪に顔をうずめて「はぁ」と大きく息を吐いた。

「もしかして、緊張してた？」

「当たり前だろう。好きな相手にプロポーズしたんだ。緊張しないわけない」

その言葉に胸がいっぱいになる。

聡は常にスマートになんでもこなす。

今日の高級ホテルやレストランでのふるまいも、慣れている様子で、あちこちキョロキョロしていた私とはまるで違う。

同じ歳なのに、時々話をしていると考えがすごすぎて、そういうところは尊敬していた。

私にとっては完璧な彼氏。それが聡なのだ。その彼が自分に結婚を申し込むために緊張していたと聞いて、私は胸をときめかせた。

「そんなふうに思ってもらえてうれしい。私、いい奥さんになるね」

「そんなに気負わなくていい。とにかくずっと俺から離れないでいてくれれば」

一歩下がった聡が花束を差し出した。私は目頭《めがしら》を熱くしながらそれを受け取る。

「うれしい、本当に最高のクリスマスプレゼントだよ」

「まだ、あるんだ」

そう言いながら聡はテーブルの上に置いてあったベルベットの小箱を手に取り、箱を開けた。

「え、わぁ」

その輝きを目にした瞬間、思わず感嘆《かんたん》の声を上げた。センターの大きなダイヤモンドと並ぶようにアームにも美しいダイヤモンドがちりばめられている。光を浴びたリングはキラキラと眩しいほどに輝いていた。

「手を出して」

言われるままに差し出したのは右手。

「そっちじゃないだろ、本当に君は……」

こういうときくらい、ちゃんとした女性でありたいのに。自分にがっかりする。

「そうだよね、ごめん」

聡は半ば呆れながら、クスクス笑っている。

私は恥ずかしさに頬を染めつつ、改めて左手を差し出した。今まで指輪などしたことのない薬指に、聡が指輪をはめる。

「もうこれで、君は完全に俺のものだ」

「うん、素敵」

手をライトにかざして眺める。彼の思いの詰まった指輪だと思うとより一層輝いて見えた。

「何があっても、ずっと俺の傍《そば》にいて。わかった？」

「うん、もちろんそのつもりだよ」

視線を指輪から聡に移した私は、これ以上ないほどの幸せに体中が満ちていた。

「私、本当に幸せ。聡、大好き」

彼に勢いよく抱き着くと、聡は慌てて私を抱きとめた。

「かわいいな。俺の文乃は」

ぎゅっと彼に抱きしめられた私は、ちょっと大胆に彼を誘う。

「ねぇ、お預けにしたデザート食べる？」

それが何を意味しているのか、聡にわからないわけなどない。

「もちろん、おいしくいただくつもりだ」

ふたりで見つめ合った後、どちらからともなく笑い合う。そしてまたどちらからともなく唇を重ねた。

何度も重なり合う唇。お互いの熱で溶けだしてしまいそうだ。

「はぁ、こんなデザートならいくらでも食べられそうだ」

熱い吐息交じりの聡の声が、耳を刺激する。

「そう？　じゃあ、満足するまで召し上がれ」

恥じらいながらも、大胆に誘いをかけた私だったが……。

翌朝立ち上がれないほど疲れた体をベッドに沈めて、そのときの言葉をほんの少し後悔した。ほんの少し。


そして新年一月二日。

初詣《はつもうで》を終え、私たちはふたりで私の家に向かっていた。

聡の手には日本酒とワインが入った袋があった。酒豪《しゅごう》の母の好みをちゃんと理解している手土産《てみやげ》のセレクトだ。

「文乃、お母さんにはまだ何も言ってないよな」

「うん、聡が言わないでって言ったから」

今日私たちは私の母、晃子《あきこ》と兄、文信《ふみのぶ》に結婚の許しを得るつもりだった。

事前に話をしておいたほうがいいのでは？　と聡に進言したが、自分の口から話をしたいと言われて私はその気持ちを優先させた。

「はぁ。ドキドキする」

「いや、俺のほうが緊張してる」

聡が緊張するなんて珍しいと思い、彼の顔を覗き見る。

「それはそうだよね。ねぇ、もしお母さんがダメって言ったらどうする？」

「そうだな……もちろんそう言われないようにするけど、でももしそうなったら俺は文乃を連れて逃げるかな」

「え、どこに？」

突拍子《とっぴょうし》もない答えに、聡を仰《あお》ぎ見る。

「ん、どこへ行っても文乃を幸せにする自信はあるから」

はっきりと宣言した彼を頼もしく思う。

「うん、そだね。私も聡とふたりならどこにいても幸せな自信はあるから」

将来がどうなるのかわからないけれど、それだけは確信を持っていた。

ちょうど実家の前に到着して足を止める。

「そうやって言い切ってくれるところ、さすがだな」

聡が笑みを浮かべ甘い視線を向けてくる。そんな目で見つめられると、蕩けてしまいそうだ。

見つめ合いふたりの世界に入っていると、邪魔が入った。

「おい、そんなところでイチャイチャしてないで中に入れよ」

兄が玄関から呆れた顔でこちらを見ている。

父が亡くなって以来過保護気味の兄は、最初、付き合いに反対していた。だが私が楽しそうにしているのを見て、今はしぶしぶながらもふたりの交際を認めている。

しかし結婚の話を持ちだすと、いったいどういう反応をするのか考えるだけでも頭が痛い。

兄に促されて、私は一抹《いちまつ》の不安を抱えながら聡を自宅に案内した。

そして新年の挨拶を終えた後、十和田家リビングには兄の絶叫がこだました。

「な、なんだと！　もう一回言ってみろ」

頭に血が上った兄とは違い、冷静な聡はピシッと正座をしたまま母と兄をしっかり見据《みす》えた。

「文乃さんとの結婚をお許しください」

はっきりとよく通る力強い声で宣言した。私はその凛々《りり》しい姿に隣で胸をときめかせる。

騒ぎ立てる兄とは対照的に、母は黙ったまま聡の顔を見ている。そして聡もまた母から目を逸らさず、自分たちの強い意志を伝えようとしていた。

「わかったわ。おめでとう」

「か、母さん！　何言ってるんだ？」

ほっとした私と聡だったが、予想通り兄は真正面から反対する。

「ふたりが結婚したいって言っているならそうすればいいじゃないの、私は賛成よ」

「でも、こいつらまだ二十二で、働いてさえいないんだぞ」

「あら、そんなの結婚になんの関係があるの？」

あっけらかんと言い放った母に、兄はまだ食ってかかる。

「責任とか、世間体とか色々あるだろう？」

兄の言葉に聡が口を開く。

「たしかにお兄さんのおっしゃることも理解できます。まだ就職もしていない未熟ものですから。ですが、文乃さんを思う気持ちは誰にも負けません。彼女を自分の手で幸せにしたいんです」

彼の言葉に母が頷く。

「文信、彼の言葉を信じましょう。運命の相手となら世間体なんて問題にもならないの。母さんも父さんと出会ってすぐに結婚したわ。そして彼がいない今でも幸せなの。あなた父さんと母さんのことも否定するの？」

「いや、そういうわけじゃないけど……」

両親がふたり思い合っていたのは、兄もそれから私もよくわかっている。そして続けた母の言葉に、兄はそれ以上反対できなくなった。

「それにね、好きな人と一緒にいられる時間って案外短いものなのよ」

母は早くに夫を亡くしているが、今もその愛は変わらない。本当ならもっと一緒にいたかったはずだ。

「だからね、ふたりが一緒になりたいって言うなら、誰にも止める権利はないのよ。ただ笑顔でおめでとうって言うだけ。わかった？」

母の寂しそうな表情を見た兄はそれ以上何も言わずに、聡の方へ体を向けた。そして深々と頭を下げる。

「妹を……文乃を、どうか幸せにしてやってください」

絞り出したようなその声に、私は兄からの深い愛を感じて目元を熱くさせた。

聡は兄の言葉に力強く答えた。

「必ず文乃さんを幸せにします」

その言葉に私はますます泣きそうになってしまった。

それからは母と私が作った料理とお雑煮を食べ、聡の持ってきた日本酒とワインで盛り上がった。

昔のアルバムを引っ張り出してきて、母と兄が私の武勇伝や失敗談をこぞってするので、恥ずかしくていっそ聡の耳をふさいでしまいたかった。

しかし聡は「もっともっと」と私の過去の話をせがみ、調子に乗ったふたりがあれこれとばらして欲しくない話まで暴露《ばくろ》した。

もう止めても無駄だと思った私は、遠巻きに三人を見ながらふと思った。

私こんなに愛されて幸せだな。聡ともこんなふうな家族を作れたらいいな。

家族団らんの中に加わった聡を見て、あったかい気持ちとともにますます彼を好きになっていくのを自覚した。

そして二月。

街中が甘い匂いと雰囲気に包まれる中、間もなく私たちは婚姻届を提出する。

しかし私には引っかかることがあった。

聡のご両親には、一度もお会いしていないのだ。

私の実家には、きちんと挨拶に来てくれたのだから、自分もそうするべきだと思っていた。しかし聡はいつになっても会わせてくれない。

バレンタインデーに入籍《にゅうせき》しようと言う聡に、私はもう一度彼の両親に会わせてくれるようにお願いしようと決めた。

私は聡の部屋で婚姻届を前に、いつになく真剣なまなざしを聡に向けていた。今日はもう一歩も譲らない、不退転《ふたいてん》の覚悟で臨《のぞ》む。

「これを書く前に聡のご両親にご挨拶がしたいの」

「んーその話か。うちは文乃の家みたいに仲がいいわけじゃないからな。挨拶なんて必要ないと思うけど」

「そんなわけにはいかないよ」

「でも、結婚するのは俺たちだろ。じゃあ文乃はうちの親が反対したら俺と結婚しないつもり？」

「そんなはずないじゃない。そんな言い方するなんてずるい」

答えは決まっている。それなのにわざとそういう言い方をする聡を睨む。

「悪い、でも本当に両親はいいんだ。それに今ふたりは仕事で海外にいて連絡が取りづらい」

「じゃあ、提出はご両親が戻られてからでもいいんじゃない？」

それが普通の手順だと思う。

「でもそれじゃあ、入社までに引っ越しや手続きが終わらないけどいいのか？」

入社したらお互い忙しくなる。だからそれまでに諸々《もろもろ》済ませてしまおうという話になっている。

「たしかにそれは困るけど」

「なぁ、文乃。うちの両親に結婚前に会っても会わなくても結果は同じなんだから、そんなの気にしなくていいだろう？　別に会わせないって言ってるわけじゃないんだから」

「会わせてくれるつもりはあるのね？」

「もちろんだ。ただタイミングが合わないだけ」

いつもは私の話に耳を傾ける彼がこう言うのならば、それ以外の選択肢がないのだ。腑《ふ》に落ちないけれど、結果が変わらないと言う彼の言葉に納得するしかない。

「日本に戻られたら、絶対にご挨拶させてね」

「あぁ、もちろんだ。だからこれにサインして」

「うん、わかった」

私は差し出されたボールペンを持って、妻になる人の欄《らん》に緊張しながらサインをした。署名《しょめい》が終わり確認する。

「これでいいかな？」

「あぁ。なんだか俺たちが夫婦になるってじわじわ実感するな」

そこで私は、彼が記入すべき箇所がまだ空欄なのに気が付いた。

「聡は、書かないの？」

婚姻届けを折りたたんでいた聡の手が一瞬止まる。

「あ、うん。ほら、失敗するといけないから、後から落ち着いて書く」

「ふーん、聡でもそんなことがあるんだね」

私よりもずっと落ち着いている彼でも、やはり人生の一大事となると緊張するのだろう。

「これを提出すれば、俺たち夫婦だな」

「うん……なんかね。私、毎日幸せ」

「俺も」

聡が唇を寄せてくる。私もそれに応えた。

しかしこのときに色々と確認していなかったのを、後々になってとても後悔する羽目になる。


そして二月十四日。婚姻届を提出する予定の日。

ふたりで過ごす初めてのバレンタインデーでもある。

ところがとても楽しみにしていたのに、こともあろうに私はこの日高熱を出し、病院を受診するとインフルエンザと診断された。これでは聡に会うことすら叶わない。

電話で状況を説明すると、婚姻届は聡がひとりで提出すると言っていた。本当はふたりで出したかったけれど、完全に治癒《ちゆ》するまで外出できない。やむなく素直に聡の申し出を受け入れたのだ。

前もって証人の欄を母に記入してもらっておいてよかったとほっとした。

そして私はその日、熱に浮かされるベッドの中で戸籍上は聡の妻になった。

桜のつぼみが膨らみはじめたころ。

私は緊張の面持《おもも》ちで鏡を見ていた。

先週、聡のご両親が帰国したとの知らせがあった。

すぐに会いたいと言う私の言葉に、聡はしぶしぶ応じた。そしてその日が今日だった。

姿見の前に立ち自身の姿を最終確認する。

鏡に映るのは、髪をハーフアップにして薄く化粧をほどこし、紺地に白い襟のシンプルなワンピースを身に着けた私だ。結婚情報誌の『彼の両親へのご挨拶スタイル』という特集を参考にした。なかなかいい感じなのではないかと思う。

様子を見に来た聡が隣に立ち、鏡越しに目が合う。

「ねぇ、どうかな？　変じゃない？」

「もちろん、すごくかわいいよ。でもたかが両親に会うだけなのに、そんなにおめかししなくてもいいのに」

聡はそう言うが、彼からご実家はある程度裕福だと聞いているし、ふたりして海外で仕事をするような人たちだ。失礼があってはいけないと思い、できる限り努力をした。

「聡だって、うちへの挨拶のときすごく緊張していたじゃない」

「そうだったかな、忘れた」

「もう！」

ふくれっ面《つら》を見せた私の頬に、聡が笑いながらキスを落とす。

「その顔もかわいいよ。でも心配しなくていい。俺たちはもう夫婦なんだから」

私の実家に挨拶に行ったときとは違う。ふたりはもうれっきとした夫婦なのだから、周りがどう言おうと関係ないと言いたいらしい。

でも私は違う。

「だから緊張するんじゃない。ご両親からしたら勝手に結婚したって思うだろうし」

「俺の結婚なんだから、俺の好きにして大丈夫だ」

彼の言っていること全部に納得できるわけではないが、でもここで言い合っても仕方ない。

何を言っても彼は、大丈夫だとしか言わないのだから。

もう一度鏡を見て気を引き締めた私は、リビングに戻り手土産の最終確認をした。

聡の運転で彼の実家を目指す。いつもながら上手な運転だが、今日は行先が行先なのでリラックスできない。ピシッと姿勢を正して座っている私を見た聡はクスクスと笑った。

「今からそんなんでどうするんだ?」

「何言われても、無理。ねぇ、私の前髪おかしくない?」

運転中の聡に尋ねると前を向いたまま「かわいいよ」と言う。

「適当に言わないでよ。あぁ、どうしよう。ちゃんとできるかな?」

私は不安でさっきから何度も同じ質問を繰り返していた。

赤信号で車が止まる。すると、聡は私の手を取って引き寄せ、額にキスをした。

「な、何するの?」

「ん、緊張しないおまじない。ほら、もうすぐ着くぞ」

「もう!」

赤い顔をする私を見て笑う聡。そんな彼の姿を見ていたら、ほんの少し緊張がとけた気がした。

しかしそれも聡の実家に到着するまでの話だった。目の前に現れた豪邸《ごうてい》に、私は目と口を大きく見開き言葉を失くした。

聡は慣れた様子でリモコンを使い、入口のゲートを開けて中に入ると車を停めた。

「え、あの。待って。ここ？」

道路からは高い塀《へい》に囲まれていて中は見えない。しかし車を停めた場所からは見えるその家、いや屋敷というべき大きな建物に驚き、まともな言葉を口にできなかった。

「ちょっと玄関まで遠いんだけど、平気？」

「あ、うん」

聡の車が並んでいる傍には、何台も車が置かれているが、どれも神郷自動車のものだ。どうやら聡の家は皆、神郷の車を好むらしい。彼が就職先を神郷に決めたのも、そういう理由があったのかもしれない。

「文乃？」

「ご、ごめん。想像よりもずっとすごいおうちで緊張が半端《はんぱ》なくて。最終面接のときよりも緊張してる」

「なんだよそれ、別に報告するだけなんだから、リラックスして」

聡は終始そう言うけれど、この緊張はどうやってもとけそうにない。右手と右足を一緒に出してしまい転びそうになった私を聡が支えた。

「ほら、行こう」

聡に手を握られてそのまま玄関に向かう。中に入る前に深呼吸しようと思ったが、そんな暇《ひま》もなく中から人が出てきて驚いた。

「聡様、おかえりなさいませ」

「あぁ、岩倉《いわくら》ただいま」

聡が岩倉と呼んだ男性は、チャコールグレーのスーツを着た白髪交じりの落ち着いた男性だ。

私が慌てて頭を下げると、男性の目元が柔らかく緩んだ。

「皆様お待ちでございます。こちらへ」

案内されるままついていくが、玄関を入るとエントランスには大きな大きなオブジェが飾られている。

な、なんなの？　ここ。個人の家じゃないの？

驚きとともに、自分が場違いな場所に来てしまったのではないかと、冷や汗をかく。脈もありえないほど速く、聡に置いていかれないようについていくだけで精いっぱいだった。

こんなにすごい家だなんて聞いていない。

たしかに会いたいと言ったのは私だが、今はこの場から逃げだしたくなっていた。

「文乃？」

「うん」

なんとか笑顔を浮かべようと思ったが、引きつり笑いしか出ない。

岩倉さんがノックして扉を開け、中に案内される。

聡に続いて足を踏み入れたのは、光が降り注ぐサンルームだった。そこにある猫足のソファにはグレーのニットを着たロマンスグレーの男性と、春らしい明るい色のワンピースをお召しになった熟年の美女が座っている。

「よくいらっしゃったわ。立ってないでこちらへいらして」

女性がわざわざ立ち上がって、ソファへ座るようにと促す。

「文乃、父の勝《まさる》と母の芳子《よしこ》だ」

「あの、はじめまして。十和田文乃です！」

緊張でこわばった声で言って、勢いよく頭を下げた。

「ふふふ、元気なお嬢さんね。とってもかわいらしいわ。早くこちらに座って。今お茶とお菓子を用意しますから」

「ごちそうになります」

にこやかに迎え入れられて、まずはほっとする。

聡の方を見ると彼は頷いてから、先にソファに向かった。それについていき彼の隣に座る。

「よく来たね」

お義父様も、快《こころよ》く迎え入れてくれた。とても喜ばしいが、何か引っかかる。失礼だと思いつつも、思わずお義父様の顔をじっと見てしまった。

「ん？　どうかしたかい？」

「いえ、あの……どこかでお会いしていませんか？」

「あら。あなた息子の彼女に何かしたんじゃないでしょうね？」

お義母様が不審がって眉を上げた。

「何を言ってるんだ」

お義父様はお義母様の発言に慌てている。

「俺が君しか愛せないの知っているだろう？」

「おい、親のイチャついている姿なんか見たくない。やめてくれ」

聡が止めても、ご両親たちは微笑み合っている。家族とは疎遠《そえん》だと言っていた聡の言葉から、もっと厳格《げんかく》な雰囲気を想像していたのだが違ったようだ。

だけど違和感は消えない。

そしてその違和感は記憶の引き出しの中のひとりの人物の顔と一致した。まさかそんなはずはないと思いつつも、先ほど紹介された【勝】という名前を思い出して、戦《せん》慄《りつ》する。

「あの……いや、でもそんな」

「どうかしたのか？　あぁ、親父が神郷自動車の社長だからびっくりしてる？」

聡がなんでもないことのように言うのを聞いて、思わず目を大きく見開いた。

「やっぱり！　なんで？　……あっ」

興奮のあまり、ご両親の前なのに声を上げてしまった。でもそうなるのも無理はないはずだ。彼のお義父様がまさか……。

「お義父様が神郷自動車の社長なの？」

隣にいる聡に問い詰めたい気持ちをぐっと抑えて、なるべく穏やかに尋ねる。

「あぁ。そうだ」

「聡ったら、文乃さんにうちの家の話をしていないの？」

お義母様が半ば呆れて、聡を責める。

「面倒な家だから言いたくなかったんだ。それに嫌でも親父と会えばわかるだろ？　文乃だって四月からは神郷自動車の社員なんだから」

「わかるって、私はちゃんと事前に話をして欲しかった」

あっけらかんとしている聡に抗議する。ご両親の前なのであくまでやんわりと。

しかしこの場で驚いているのは、私ひとりではなかったらしい。

「ちょっと待ちなさい、聡。今、なんて言った？　彼女が四月からうちの社員だと？」

それまで穏やかな表情を浮かべていたお義父様が、眉間《みけん》に皺《しわ》を寄せ聡に問いかけた。

私はその様子に違和感を覚える。

「あぁ。そうだけど？」

「そうだけどって、お前。知ってるんだろう？　うちは社内恋愛禁止だって」

「え！」

私は自分の耳を疑った。きっと聞き間違いだと思い聡の方を見る。

「あぁ、もちろん。今どきナンセンスだよな」

「そんな議論を今するつもりはない。お前はわかっていて彼女と付き合っていくつもりなのか？」

「あぁ。意味のない決まりを守ろうだなんて思っていないからな」

私には聡とお義父様のやりとりを、茫然《ぼうぜん》と見ているだけしかできなかった。衝撃の事実を次々とぶつけられて、理解が追いつかない。

この場の様子をお義母様は、ただただ驚いて見ていた。

「会長にバレたらどうするつもりだ？　あの決まりを作ったのは会長だぞ」

「どうするって言われても、別にどうするつもりもない。それに俺たち社内恋愛なんてするつもりないし」

聡の言葉に驚き、彼の方を見る。何がどうなっているのか不安で仕方がない。そんな私の膝に置いてあった手に、聡の大きな手が重なる。

「何を言ってるんだ？　大切な人を紹介するって彼女を連れてきたんだろう？」

お義父様は聡の言葉が咄嗟に理解できないのか、こめかみのあたりを押さえている。

「ああ。文乃は誰よりも大切な人だ。だが、恋愛相手じゃない。俺たちもう結婚してるから妻だ」

「なるほどな、って、おい。お前今なんて……」

お義父様は驚愕《きょうがく》の表情を浮かべたまま聡を見ている。

「だから、俺たちもう結婚したんだ」

「な、なんだと――！」

お義父様の叫び声が部屋に、いや、屋敷に響き渡る。

立ち上がったお義父様が聡を責める。

「お前、自分が何をしたかわかっているのか？」

怒りを隠そうともしないお義父様の態度に、私は胸が苦しくなった。やはり挨拶もせず許可も得ず婚姻届を出してしまったのが間違いだったのだと。

そして何よりも、面と向かって反対されている事実がショックだった。

我慢しようと思い、手に力を入れ歯を食いしばる。

聡は自分の手を私に重ねていたので、私の気持ちに気が付いて励ますように手に力を込めた。

その場の空気を変えたのは、それまで黙っていたお義母様だった。

「あなた、大きな声を出さないで。文乃さんがおびえているわ」

「はっ……すまない」

「いえ」

お義母様の言葉で我に返ったお義父様は、私にきちんと頭を下げてくれた。

「本当に、うちの男たちは仕方ないわね。岩倉、冷たいお水を勝さんに」

「はい、かしこまりました。奥様」

傍に控えていた岩倉さんが、すぐにお義父様の前に水の入ったグラスを用意した。

「あなた、少し頭を冷やして」

「あぁ、すまない」

「聡も、もう少し言葉を選びなさい。文乃さんを大切に思うならなおのことです」

「はい……わかりました」

興奮したふたりを落ち着かせたお義母様は、最後に私の近くに来て向かいに膝をついた。

「あの、やめてください」

「いいえ、私からもお詫びをさせて。こんな嫌な思いをさせるつもりはなかったのよ。私は聡があなたを連れてきてくれてとってもうれしいの。だからそれだけはちゃんとわかって欲しいのよ」

申し訳なさそうに伏せたまつ毛がわずかに揺れている。自分の母親とそう変わらないくらいの歳のはずなのに、こんなに近くで見ても皺、シミがほとんどない。聡の姉だと言っても通用するほど若々しく美しい。

お義母様は聡が握っていないほうの私の手に、自身の手を重ねた。

「心からお詫びするわ。許してね」

温かい手に包まれ、上目遣いで許しを請われると、許す以外の選択肢などなかった。

「あの、勝手をしたこちらも悪いので、もう謝らないでください」

「本当に？　なら、うちの娘になってくださる？」

「え、それは……その」

聡に助け船を求める。

「それは親父次第だろ。俺たちの結婚に反対なんだから」

「あら、あなたそうなの？」

妻と息子に同時に責められたお義父様は気まずそうに目を泳がせる。

「私は決して反対しているわけじゃないんだ。ただちゃんとした手順を踏まなかったお前を責めてるだけだ」

「じゃあ、俺たちの結婚は認めるんだな？」

聡の問いかけにお義父様は頷いた。

「認めるも何も、お前たちはもう夫婦なんだろ？　だったら今さら何を言っても遅いじゃないか」

「あら、ひねくれものね。聡の彼女が来るって今朝からうれしそうにしていたのに。それが嫁になったんだからもっと喜べばいいのに、ね」

お義母様に同意を求められた私は、しかしお義父様の手前頷いていいものかどうか悩み、曖昧《あいまい》に笑い続けた。

お義母様は私の前から立ち上がり、席に戻った。

気まずすぎる……もう、いったいどうしてこんなことになっちゃったの？

泣きそうになりながら、聡に助けを求める。

その様子を見てお義父様は深く頭を下げた。

「文乃さん、嫌な気持ちにさせて申し訳ない。決して君が悪いんじゃないんだ。むしろ女性に厳しい聡が連れてきた君だから素晴らしい人なのだとわかっている。だからこそ今日は本当に会うのを楽しみにしていたんだ。そこはわかって欲しい」

自分が入社する予定の大企業の社長であり、義父でもある人にこんな真摯《しんし》な態度で謝罪された私は「はい」と頷くしかなかった。

もちろん相手の心からの謝罪の言葉はしっかりと胸に響いているが、どう答えるのが正解なのかわからない。

「私が苦言を呈《てい》しているのは聡にだ。いくらナンセンスな社内ルールだとしても、それを破って良い理由にはならないんだ。しかもお前は神郷の跡取りだ。自ら社内の規律を乱すような行動をとるべきではない」

「それは理解してる」

「いや、わかってない。お前がルールを破り婚姻を急いだために、文乃さんも一緒に罪を背負うんだぞ。知らないまま規則を破った彼女にはどう詫びるつもりだ」

お義父様の言葉に、聡は気まずそうに顔をゆがめた。

「それは……申し訳ないと思っている」

「謝罪は私ではなく、彼女にすべきだ。後でしっかりと話し合いなさい」

その言葉に、聡は私の手をぎゅっと握った。

「ごめん、文乃」

「ううん」

聡も色々考えていると思う。それをちゃんと話してくれなかったことについては怒っている。

けれど、彼の自分に向けられている気持ちは嘘じゃないとわかっているので、彼の謝罪を受け入れるつもりだ。

そんな聡と私を見て、お義父様は「はぁ」と大きなため息をつく。

「とにかく、会長にはバレないようにしろ。面倒だからな」

会長とは神郷自動車の二代目であり、事業拡大し国内外にその名を知らしめた人物神郷卓《すぐる》氏だ。現在は事業の第一線からは退《しりぞ》いているが社内への影響力は絶大だ。

その上、経済界との繋がりもいまだに強く、日参する者が後を絶たない。

「なぁ、このくだらないルールは、爺さんが言いだしたっていうのは本当なのか？」

「あぁ、そうらしい。何かあったらしいのだが今となっては詳細は誰も知らない。だが、猛《たける》のやつが過去に一度社内の女性と恋仲になった際に、猛反対を受けて破談になっている。そのときに何かあったのかもしれない」

猛というのは、神郷自動車の専務で聡の叔父にあたる人物だ。その事件が尾をひいているのか、彼はまだ独身であると聞いている。

どうやら社内恋愛禁止というルールは本当なのだと、お義父様の話から理解した。

この先を考えると胃が痛くなりそうだ。

沈んだ表情の私を見て、聡も自分が無理を通したせいでこうなってしまったと、さすがに反省している。

そんななか暗い雰囲気を打ち破ったのは、お義母様だった。

「でももう、結婚しちゃったものは仕方ないじゃない。ね？」

あっけらかんと明るく笑い飛ばす。

「文乃さん、この家の男たちって本当に面倒なのよ。すぐに暴走しちゃうの。全部許せとは言わないわ。でも聡はあなたを不幸にはしない。それだけはわかるのよ。私も勝さんには散々苦労をかけられたけれど、でも幸せだもの」

笑っているお義母様もたくさんの困難を乗り越えてきたに違いない。そんな彼女は慈愛に満ちた笑みを私に向けた。

「私も勝さんもふたりの味方よ。だからなんでも相談して。ね？　あなた」

話を振られたお義父様も、力強く頷いた。

「はい、ありがとうございます」

気持ちはすっきりとは晴れなかったが、それでも彼の両親に受け入れられていると実感して波立っていた気持ちが幾分《いくぶん》納まった。

「彼女を不幸にだけはするな」

「わかってる。とりあえず、仕事で成果をだして爺さんを黙らせたらいいだろう？」

聡としては、仕事がちゃんとできれば文句はないだろうと言いたいようだ。

「そういう考えがまだ青いと言うんだ。まあでも会長を説得する材料のひとつにはなるだろうな」

お義父様はわずかに呆れたようだが、聡の意志を尊重する態度を見せた。

「とりあえず、結婚の報告はしたから」

聡は立ち上がると、私の手を引いた。

「あら、夕食食べていかないの？」

「悪い、でも文乃と話がしたいから」

聡の視線を感じて、小さく頷いた。

「そうね、ちゃんと話し合ったほうがいいわ。食事はいつでもできるもの……でもね、楽しみにしていたのよ。だから近いうちに絶対にいらしてね」

お義母様は私の手を取り強く握った。

「はい、あの……ありがとうございます。すみません、今日はあわただしくて」

私の謝罪の言葉に、お義母様はにっこりと微笑んでくれた。

「気にしなくていいんだよ。家族になったんだから、いつでも会えるし」

お義父様も笑顔を添えてそう言ってくれる。

私はご両親の言葉に甘えて、挨拶も早々に神郷邸を後にした。


ご両親と岩倉さんに見送られ、家に向かう車内は静かだった。

頭の中が質問だらけだったが、何からどうやって尋ねればいいのかわからずに、黙ったまま。

いつもはあれこれ騒がしい私の無言に、聡も言葉もなく運転を続けた。

勢いに任せて口を開いても、ちゃんと話ができないくらい混乱している。

戻ったら全部説明してもらわないと。

私は頭の中で彼に対する質問を整理した。

地下駐車場で車を降り、エレベーターで部屋に向かう。その間どちらも口を開かなかった。ふたりでいてこんなに沈黙が続いたのは初めてだ。

聡は厳しい表情で隣を歩いている。

扉を開けて部屋の中に入った途端。聡は背後から私を力いっぱい抱きしめた。

「悪かった」

ぎゅっと腕に力を込められたが、私は無言を貫いた。

「文乃が怒るのも無理ないと思ってる。でも後悔はしていない」

私は腕の中で、背後にいる聡に顔だけ向けた。

「後悔していないの？」

「あぁ。俺の自分勝手だってわかってる。でも文乃を手に入れるためだった。後悔は一ミリもしていない」

私ははっきりと言い切った聡の顔をじっと見つめる。

「文乃はこんな俺、嫌いになった？　別れたい？」

聡のその言葉に、私は怒りをあらわにした。それまで何を話すべきか色々と考えていたのに、彼のその一言ですべてどこかにいってしまった。

聡の腕をふりほどき距離をとると、彼に面と向かって声を上げる。

「嫌いになる？　別れたい？　簡単にできるなら、こんなに悩んでない。何されても好きだから、離れたくないって思ってるから、なおさらちゃんと話をしてくれなかった聡に対して怒ってるの！　わかる？」

簡単に切れるような関係ならば、さっさと逃げだしている。

「ひどい、こんなに好きにさせといて！」

「文乃！」

聡は一歩踏み出すと力いっぱい私を抱きしめた。その瞬間嗚咽《おえつ》が漏れる。感情が高ぶり涙が我慢できない。胸がずきずきと痛む。

「後悔してないって言ったけど、やっぱり文乃を傷つけたのは悪かったと思っている。本当にごめん」

彼が本当に申し訳ないと思っているのが伝わってくる。しかし泣くばかりで声が出ない。そんな私を彼はますます強く抱きしめた。

「言葉以外にどう謝罪の気持ちを伝えたらいいのかわからない。俺、自分がこんなにも不器用だったのかと、はじめて思い知ってる。どうすればいいのかわからない状況なんてこれまでの人生で一度もなかったから」

彼の声色《こわいろ》はこれまで聞いたことのないものだ。自信がなく弱弱しい。

「ちゃんと話をする。全部話すから、聞いてくれるか？」

いつもとは違う、聡のすがるような声に、私は静かに頷いた。

ふたりはリビングに移動して、ソファに並んで座った。いつもなら体が触れ合うくらいの距離に座るのに、今はお互いの間にふたりの心を表すかのように距離があいていた。

「文乃、まずは実家の話をずっと黙っていて悪かった。騙《だま》すつもりはなかったんだ。少なくとも結婚したときに伝えるべきだった。俺が本当は神郷聡だって」

私が寝込んでいたので、婚姻届を出したのは聡だけだった。数日前に引っ越ししたばかりなので免許証や銀行の口座などの変更手続きはまだしておらず、戸籍や住民票を確認していなかったのも悪かった。

「騙すようなやり方、よくないと思う」

「文乃の言う通りだ。どんな責めも受け止める」

「どうして、そこまで自分を隠そうとしたの？　矢立っていう苗字はなんなの？」

少しずつ混乱が収まって来て、質問しはじめた。聡は目を合わそうとしない私をそれでも必死に見つめているのか視線を感じる。

「矢立は母親の旧姓。神郷の親族は入社後しばらくは一般社員として働くのが慣習になっているんだ。一社員として現場を把握し、自分の味方を作るのが目的。だから就職試験も他の人と一緒に受けた。もちろん枠は別にあるけど」

「私、必死になって受験したのになんかずるい」

素直な意見が思わず口からこぼれ落ちた。

「それが普通の意見だと思う。だから言えなかった」

自分が望んだことではないにしろ、私と同じ意見の人が大多数だろう。

「生まれてからずっと神郷聡として生きてきた。周囲からはいつもチヤホヤされていて、特別扱いが日常だった。贅沢な悩みだと言われるかもしれないが俺にとってそれはとても窮屈《きゅうくつ》だったんだ。俺がもし神郷でなくなったら、こいつら全員いなくなるんだろうなって思って」

いつもの彼にはない愁いの色が、瞳に浮かんでいる。

「近づいてくる女の子たちも、最初こそは違っても皆最後には神郷聡の彼女というステータスを振りかざすようになるんだ。全部手に入れようと欲張りになる」

「そんな……真剣に聡を思ってくれている人だっていたはずだよ」

私自身彼そのものに惹かれたひとりだ。矢立聡として出会った彼も本当に素敵だった。だからこそ、こんな短期間で彼と一生を添い遂げると決めたのだ。

「そうだったらよかったんだけどな。あいにく今までそんな相手と出会わなかった。みんな俺の肩書きや外見ばかりを見て近づいてきていたんだ」

「だから、私にも自分が本当は神郷だって隠したの？　それって私を見くびっていない？」

私を、バックグラウンドで人を判断するような人間だと思っていたのだ。

「文乃を好きになったから信じたかった。でも自信がなかったんだ。俺にそんな価値があるのかって。だから試すような形になってしまった。すまない」

聡にとっては、ずっと抱えてきたトラウマなのだ。私のように平凡な人間では到底理解できない、根深いものがあるのだろう。彼はそれを拭いきれなかった。まだ彼に対して不信感はあるものの、私は聡の立場についても共感せざるを得なかった。

小さく頷くだけに留めて、話の先を彼に促した。

「そんな窮屈な日本が嫌で、高校の途中からアメリカに留学した。あっちでは日本の一企業の跡取りなんて誰も気にしない。思う存分自由に暮らして、やりたいことをやってすごく充実していた」

聡は淡々と話を続ける。

「けれど日本で言う大学を卒業する歳には、新卒として神郷自動車に入社すると決まっていて、しぶしぶ帰国したとき、文乃に出会ったんだ」

はたから見れば恵まれた環境だ。しかし聡には聡の抱えている悩みがあるのだ。

「さっき『ずるい』なんて言ってごめん。聡には仕事を選ぶ自由がなかったのに」

私にとっては当たり前の自由が、彼にはない。就職以外も思い通りにできないことがあるに違いない。

「それで、結婚を急いだの？」

私の問いかけに、聡はこちらを見つめたまま答えた。

「あぁ。運命の相手に出会ってしまったから。文乃だけはどうしてもあきらめたくなかったんだ。社内恋愛が禁止なら結婚してしまえばいいって、結婚してしまえばさすがに別れさせはしないだろうと思ったんだ」

ぎゅっと胸が締め付けられる。色々なことをあきらめざるをえなかった彼の人生。その中でもどうしても欲しかったものが自分だと言われて、熱いものが込み上げてくる。決して聡のやり方を認めたわけではない。それでも好きな相手のこんなまっすぐな愛情に心を揺さぶられないなど、ありえなかった。

「聡……私……」

「自分でもおかしいっていう自覚はあった。でも文乃じゃないとダメなんだ。あの日、水たまりの水から俺を救ってくれた君を、自分よりも他人を思いやる君を、楽しそうにくったくなく笑い、おいしそうに食べて、俺の腕の中で蕩けそうな顔をする……文乃を絶対に逃したくなかった」

聡の言葉に、私の目から熱い涙がこぼれた。慌てて拭おうとするけれど、拭いきれないほどの大粒の涙が次から次へと頬を伝う。

「ずるい、ずるい」

言いようのない思い――彼を慕《した》う気持ちと、重大な秘密を隠したままにしておかれたという裏切られたような気持ち、それらが入り混じった複雑な感情――をぶつけるようにこぶしで聡の腿《もも》のあたりを叩いた。

「ごめん。でももう離してあげられない。どんなにそれを君が望んでも」

聡は自身を叩いている私の手を引き、そして抱きしめた。離さないと言う言葉通り強く、強く。私の涙が聡のシャツに染みていく。離れなければ汚れると頭の中でわかっていても、彼はそれを許さないし、私自身も離れたくない。

ひとしきり涙を流した後、私は自分の思いを告げた。

「私が欲しいものは、そんなにたくさんのものじゃないの。でもこれまで聡の周りにいた女の子たちよりも、私のほうがずっと欲張りだと思う」

「どうして？　だって文乃は俺が神郷の跡取りだって知らないまま結婚したじゃないか！」

聡の声色はどこか悲しそうだ。

「ねぇ、まだ私を誤解してるの？」

聡の胸から顔を上げると、彼を睨んで少し唇を尖らせた。

なんて、わからずやなの……もう。

「だって私が欲しいのは、これから先、聡の長い人生が欲しいんだもの。それも絶対ふたりで幸せになる未来。今までの彼女より私のほうがよっぽど贅沢だと思わない？だってお金がいくらあったって、聡がいなくちゃどうにもならないんだもの」

聡の反応が気になり、上目遣いに彼を見た。

自分の中の醜《みにく》い独占欲を彼に告白するのは私にとって一《いち》か八《ばち》かの賭けだった。

もしこれで、気持ち悪いと思われたら……どうしよう。

でもまずこの気持ちを伝えなくては、本心は彼には伝わらないと思ったのだ。

「文乃」

言い終えた私を聡がじっと見つめる。そして言葉を続けた。

「俺やっぱり、文乃を好きになってよかった。文乃と結婚できてよかった。だから絶対後悔させせないようにする。それでもやっぱり間違えそうなときは傍で声をかけて欲しい」

その言葉から、聡が十分に反省しているのだと伝わった。

「うん。これからはたとえ私に言いづらくても、できるだけ相談して欲しい」

私からすれば完璧に見える聡でも、中身はまだ二十二歳。自分と同じ歳だ。間違いもある。

「これからゆっくり夫婦になっていこう」

そう言った聡は、額を私のそれにコツンとつけた。私たちは至近距離で見つめ合いながら、夫婦としての気持ちを新たにした。

しかしこのときのふたりは、これから先、神郷自動車暗黙の社則である『社内恋愛禁止』に、大いに悩まされることになるのをまだ知らなかった。

＊　＊　＊

総務部長は立ち上がってオロオロとそこかしこを歩き回っている。

「なんだってそんな……まだ若いのに。そんなに結婚を急がなくったっていいだろう？　いや、それは余計だったな」

そこまでは、眉尻を下げて困った顔をしていた総務部長だったが、いったん気持ちを切り替えた後はすぐに諸々考えたようだ。

「まずはルールはルールとして守らないといけない。わかるね？」

「はい。ですが社内恋愛禁止という就業規則はこの会社では明文化されていませんでした。ですからそれを理由に処分するのは不可能です」

「たしかに、君の言う通りだ。ただ暗黙のルールだとしても社員はそれを守っている。君たちだけ大っぴらに認められない。ふたりだけ特別扱いするわけにはいかないんだ。特に矢立君は自分の立場をもう少し考えなくてはいけないのではないか？」

「それは……はい」

聡は言い返す言葉もないのか、素直に頷いた。

「将来跡を継《つ》ぐからという理由で特別扱いをすれば、周囲はどう思う？　君が矢立を名乗り新卒として入社した意味がなくなるのではないかな」

総務部長はもちろん、神郷家の事情を承知している。なぜそうするのかも理解しているうえで、聡に話をしている。

「おっしゃる通りです」

私は隣でぐっとこぶしを握る聡を見て、胸が苦しくなる。

「とりあえず、ふたりの結婚については伏せておく。これについては神郷家の内輪の話にもなるから、こちらからはこれ以上何も言えない。それに社内でもこのルールに賛同する人が一定数いるのも事実なんだ。猛専務なんか特にね」

先日お義父様の話にも出てきた猛専務は、直系の一族なので発言権も強い。

「ご面倒おかけして申し訳ありません」

神妙《しんみょう》な面持ちで、聡と私は頭を下げた。

そんなふたりに、それまで難しい顔をしていた総務部長が笑いかけた。

「しかし、いいねぇ。若いって。いや、これはただのおじさんの独り言だから」

聡と私にも、自らの考え方が甘かったという認識はある。だからこそこういった言葉をもらえ、少しだけ心が軽くなった。

「君たちにとっては無駄だと思うことがこれからたくさん出てくると思う。そういう思いを大切にして組織を少しずつ時代に合ったものに変えていって欲しい。特に君たちはそれが他の人よりもできる立場にいるのだから」

人生の先輩からの言葉には重みがあった。それは、今日入社したばかりのふたりの胸に響いた。

「入社早々ご迷惑をおかけしますが、よろしくお願いします」

聡の言葉に合わせて私も頭を下げた。

「何かあったら相談して。役には立たないだろうけど」

ふたりでもう一度頭を下げてミーティングルームを出た。廊下を歩きそのまま帰宅の途に就いた。

「あ、こんなふうにふたりで歩いてるのもダメなのかな？」

「いや、それくらいはいいだろ。俺たち同期なんだから」

「そっか。そうだよね」

先ほどの総務部長の反応を見て、私たちは自分たちが社内恋愛禁止を甘く見ていたと実感した。

「文乃、ごめんな。俺の浅はかな考えで結婚を押し通して。人と話せば話すほどちゃんとした手順を踏まなかったのを反省してる」

「聡、それはもういいよ。結婚してなかったとしても、恋愛してるだけでルール違反なんだから。今となっては、私の妻っていう立場が盤石《ばんじゃく》な気がしてきた」

常に物事を前向きにとらえるくらいしかいいところがない私だが、今回はそれが役に立った。

「さすが俺の文乃だな。頼もしいよ。しかし、どうしてこんな無意味なルールがあるんだろうな。父親もはっきりとした理由は知らないらしいが、どうやら会長なら事情を知っているみたいだな」

会長は聡の祖父に当たる人だ。たしかに結婚の挨拶に行ったときも、ご両親は「会長にバレないように」と言っていた。おそらくこのルールが設けられた理由は会長に尋ねれば明らかになるだろう。

「ただ爺さんはやっかいな人なんだ。やり方を間違えたら面倒なことになる。いつか必ずみんなを納得させる形で、正々堂々と文乃を妻だって言えるようにするから」

「うん、期待してる。でも、無理はしないで欲しいし、私にもちゃんと相談してね。聡ってばいつも事後報告なんだから、総務部長もあんなに困らせて」

困らせる相手が私だけならまだましだ。しかし今回のように周囲に迷惑をかける場合もある。

結果として間違っていなくても、こんなやり方はよくないと釘をさしておく。

「それは猛省してる。後悔はしてないけど」

「もう」

まあ、後悔してるなんて言われたら悲しくなるから、私も結婚に関しては同罪だ。

ちらっと視線を送ると、彼が私の肩を抱こうとして、慌てて手を自分のもとに戻した。

「あぶない。慣れるまで苦労しそうだ」

ふとしたときに出る行動が、今後命とりになりかねない。

私は一抹の不安を抱えながらも、念願の神郷自動車で新しく始まる新生活に心躍らせていた。

第二章　内緒の社内恋愛

社会人になると一日があっという間に過ぎる。それは学生のときののんびりした生活を三倍速にしたようなあわただしさだ。

私は研修の後、経理部に配属された。経歴からおそらくそうなるだろうなと思っていたし多少の知識があるから大丈夫かも……なんて思っていたが甘かった。入社後五ヵ月経った今も、自分の知識が使える場面がこんなにも限定的だとは思わず肩を落とす毎日。

ただありがたいことに、周りからの手厚いサポートのおかげで、仕事にはやりがいを感じていた。

「十和田さん、次の会議一緒に出て。勉強になると思うから」

「はい」

先輩の南部さんに声をかけられて元気よく返事をする。

南部さんは入社五年目の先輩で私の教育係である。配属されてからの付き合いなのでまだ日は浅いが、細かいところまで教えてくれてとても頼りにしていた。

手元には修正依頼を出されているやりかけの資料。目の前の未処理の書類はどんどん山のようになっていく。それらを横目に見ながら立ち上がってタブレットを手に、南部さんの後を追いかけた。

正直自分の仕事をこなすだけでも四苦八苦《しくはっく》しているが、こうやって上司や先輩の仕事の場に同席できるのをありがたく思っている。今は見学するだけだが、早くサポートの立場でも参加できるようになりたい。

そんな思いを抱きながら会議室に入ると、そこには聡の姿があった。すぐに向こうも気が付いて互いに少しだけ顔をほころばせる。

「十和田さん？」

「あ、はい」

南部さんに名前を呼ばれて、ビクッとした。

気を緩めたらダメだと思っているけれど、仕事中でもやっぱり聡に会えるのはうれしい。

海外暮らしが長かったのを考慮されて、彼は海外事業部に配属になった。出勤や退勤時間を取引先に合わせているので、私とはずれていて、同じ家で暮らしていても、長い時間一緒に過ごせるわけではない。

そう思うと、結婚して一緒に暮らしていてよかったなと思う。少しでも長く一緒にいる時間が取れるからだ。

会議は定刻通りに始まった。今回の議題は海外で発生したリコール問題の、その後の展開についてだ。

しかし始まってすぐに私は驚いた。

「今回リーダーを務めます、矢立です。よろしくお願いします」

私と同じように、周囲もざわめく。

隣に座る南部さんが小声で話しかけてきた。

「彼、あなたの同期でしょ？　入社半年も経っていないのにもうリーダーなの？」

「そ、そうみたいですね。すごい」

同じ職場で働いていても、仕事のすべてを話すわけではない。この件について知らされていなかった私は周りの人同様とても驚いた。

聡は周囲の驚きを予想していたかのように、わずかにはにかんだ表情を作り続けた。

「このような大役を仰《おお》せつかり緊張していますが、どうか皆様お力をお貸しください」

その表情に皆釘付けになる。そしてそれまで不安視していたであろう人たちの気持ちが一気に変わったのがわかった。

聡の上司がフォローするように声を上げる。

「彼が優秀なのはわたしが保証します。皆さん、サポートをよろしくお願いします」

すると参加者たちは納得したように頷いた。

さすが聡だなぁと思う。おそらくリーダーを引き受けたのもうまくいく自信があるからだ。だから本気で手助けを期待しているわけじゃない。にもかかわらず頭を下げて見せたのは、そうしたほうが円滑《えんかつ》に進むと理解しているからだ。

本当に人たらしなんだから。

すごいと思う反面、まだ見学をしている段階の自分との能力の差を感じる。

プロジェクターを使い、説明を始めている彼の堂々とした姿を見てかっこいいと思うと同時に、少し嫉妬も混じった。

集中、集中！

リコールについての概要は知っていたが、この場ではその後どうやって対応するのかについて話が進んでいた。経理部ではその費用計上の仕方や資金の流れについて意見を求められる。

経理の仕事は伝票の入力や財務諸表《ざいむしょひょう》の作成だけではなく、現場も理解していなければならない。入社してから考えが大きく変わった。

南部さんの隣に座って、真剣に話に耳を傾ける。タブレットに表示されている資料でわからないところは、後で必ず質問しよう。

いつか彼をサポートできるように、今は目の前の仕事を一生懸命《いっしょうけんめい》するだけだ。


その日は珍しく帰宅時間が重なり、私は聡と一緒に電車に乗って帰宅していた。働きはじめてからなかなかこういうチャンスがなかったので、なんとなくウキウキする。

「聡、リーダーなんてすごいね。かっこよかった」

今日の感想を伝えると、彼はうれしそうに笑った。

「俺は会議に文乃がいて、それだけでやる気が出たよ」

聡の言葉に少し頬が赤くなるのを感じた。自分がそんな価値のある存在だとは思わないが、彼にそう言われるとうれしくないはずがない。

聡の視線も甘い。会社を出た私たちの間には夫婦の空気が流れている。電車の中で意図せず見つめ合う形になってしまったとき、背後から名前を呼ばれた。

「十和田さん！　あれ、それに矢立君？」

名前を呼ばれて振り返るとそこには同期の岡野さんがいた。たしか彼女は広報部に配属されたはずだ。同じ社屋にいてもあまり会う機会がなく久しぶりに顔を見た。

「岡野さん！　お疲れさま」

私と同じように、聡も「お疲れさま」と声をかける。

「最近なかなか話をするチャンスがなくて。よかった、会えて」

「ん？　何か用事でもあった？」

「ううん。別に特別に用事があるわけじゃないの。最近ランチも一緒にできていなかったから今度一緒にどう？」

入社後すぐは何度かランチや飲みに行ったけれど、ここ最近は互いに多くの仕事を覚えるのに精いっぱいで、なかなか一緒に食事もできない日々が続いていた。

「いいね、行こう。いつにする？」

「よかった！　そう言ってもらえて。矢立君も一緒にどう？」

聡はそんなふたりのやりとりを、口をはさまずに見ていたが、岡野さんの誘いに首を振る。

「俺は別にいいかな」

やんわりと拒否した聡に、岡野さんが頬を膨らませた。

「付き合い悪い。十和田さんからも誘って。ほら」

「いや無理に誘わなくても、ほら矢立君出勤時間も私たちと違うし――」

「えーずいぶん矢立君に詳しいんだね」

「えっ」

岡野さんの言葉にドキッとする。

「十和田さんと矢立君って、仲がいいんだね。出勤時間まで把握してるなんて」

まずい！　まさかこの程度で疑われるなんて。

私は驚いて目を泳がせた。落ち着きはらっている聡の目を見て、大きく息を吐いてなんとか冷静になる。

「会議で一緒になったときに、ちょっと聞いただけだよ」

「そう、たまたまだよ」

聡もさらっと援護する。

「あ、そうなんだ。十和田さん矢立君に取られちゃったかと思った。私の友達なのに」

岡野さんの冗談に、聡がわずかに眉をひそめた。もっともそれは私にしかわからない程度だったけど。

「取るとか取らないとか、何言ってるんだよ」

そう言った後、聡はよそいきの笑みを浮かべる。

「まあお互い同期だし、これからも仲良くしようね。――あれ、そういえば十和田さんってこの沿線だったっけ？　自宅」

またもや鋭い彼女の言葉に、心臓がドキッと大きな音を立てる。視線を外し頭をフル回転させ言い訳を考える。

「えっと、実はこの沿線のお料理教室に通ってて。矢立君とはたまたま会社を出るときに一緒になっただけなの」

「え、そうなんだ。料理教室ってどんな感じ？　私も行ってみようかな？」

岡野さんの関心が料理教室に移ってほっとした瞬間、駅に到着した。

「あ、私ここで乗り換えなの。じゃあ、ふたりともまたね」

「うん、お疲れさま」

「お疲れさま」

岡野さんが去っていった後、はぁと大きなため息をついた。

「文乃、料理教室なんて通ってたんだ？」

わかっていてからかう聡を、睨みつけた。

「もう、必死についた嘘なんだから、からかわないで」

「悪かったって、そんな膨れるなよ」

聡は楽しそうに笑っているが、私はこれからもこういう事態が続くのかと少し憂鬱になる。

「でも、料理教室通おうかな。できればあんまり嘘つきたくないし」

すでについてしまった嘘は本当にするしかない。そんな私の罪悪感に聡もさすがに笑っていられなくなったのか顔を引き締めた。

「笑って悪かった。俺たちふたりの問題なのに」

彼の中にはずっと私に対して、背負わなくていい面倒ごとを背負わせたという罪悪感がある。それは以前聞いたので私も承知していた。だから責めたいわけではないのだけど、時々こういう言い方になってしまう。私も受け入れたふたりの結婚なのだから、いつまでも彼に負い目に思って欲しくない。

「ううん。でも、私お料理全然上手じゃないから、本当に通っておいしい料理食べてもらいたいな……なんて、ちょっと思ってる」

実家暮らしで手伝い程度しか料理をしてこなかった。もっとやっておけばよかったと結婚して思ったのは事実だ。そんな私に聡は笑みをこぼし私の耳元に唇を寄せた。

「俺、胃袋の前に、胸を鷲掴《わしづか》みにされたみたいだ。早く帰って抱きしめたいな」

「もう、そういうの電車の中で言わないで！」

こういう軽口にいまだに慣れずに、顔が熱くなる。なぜだか聡は満足そうに笑みを深めている。

「そういう前向きな姿勢、俺も見習わなくちゃな」

聡が私の髪に手を伸ばそうとして、私はそれを避けた。

「誰が見ているかわかんないんだから。こういうのはダメだよ」

聡も私の言葉がもっともだと理解したようだが、がっかりしたようにため息を漏らした。

「俺にとっては修行の毎日になりそうだよ」

「大げさだよ」

私が笑うと、今度は聡の表情が真剣になる。

「早く社内でも認めてもらえるようにするから、それまで待っていて」

彼が自分たちについて考えてくれているのはわかっている。彼の目を見てゆっくりと、けれど力強く頷いた。

そんなヒヤリもありつつ、私たちは充実の社会人＆新婚生活を送っていた。

十月はじめ、連休を利用して、私たちはこれまでバタバタして行けなかった新婚旅行に向かった。

行先は冬本番を迎える前の北海道《ほっかいどう》。札幌《さっぽろ》、小樽《おたる》、富良野《ふらの》をめぐる二泊三日の旅の予定だ。卒業旅行も行きたいとは言っていたものの、結婚の挨拶やら引っ越しやらでそんな時間が取れなかった。だからふたりで旅行をするのはこれが初めてだ。

「なんだか私たちって、順番がめちゃくちゃだよね」

新千歳《しんちとせ》空港に降り立った私がふと漏らした。

「ん、いきなりどうした？」

「いや、普通結婚するまで旅行のひとつもしてないなんて珍しいんじゃないのかなって。考えてみればご両親への挨拶だって入籍の後だったし」

「まあ、色々まともじゃないのは認める。でも俺としてはこれ以上楽しい人生ないと思っているけど」

「たしかにそうかも！　これから普通の夫婦みたいな経験増やしていけばいいもんね」

もともと前向きで楽観的なのが私のいいところだと自負している。色々と考えないといけないけれど、今はそれよりも聡とのふたりの旅行を楽しみたい。

「さて、今日は。まずは札幌のホテルに荷物を預けて、今日は小樽だね！」

完全に舞い上がっている私は、スキップしそうな勢いで歩いていく。

「おい、そっちじゃなくてこっちじゃないのか？」

表示された案内板とは逆に歩きだしたみたいだ。早速ミスして気まずい。

「えへへ、ちょっと間違えちゃった」

「いいから、落ち着いて。まずはこっちな」

聡に手を引かれ歩きだすと、不思議と安心感が胸に芽生える。

きっとこれから先も、こうやって手を繋いで歩いていけたら、何があっても平気な気がしてきた。

たとえたくさん間違ったとしても、それでもふたりで考えて手を取り合い乗り越えていける、ふとそんなふうに感じた。

札幌から小樽までは、電車で約四十分。

「ここ、テレビで見た！」

目の前に広がる小樽運河を見た私は、興奮気味にスマートフォンで写真を撮《と》る。

「あんまりはしゃぐと、転ぶぞ」

「平気。子どもじゃないんだから。おっとっと……」

「ほら、言っただろ。子どもじゃないんだから気をつけろ」

「はい」

そんな苦言も気にならないほど、私はこの旅行を楽しんでいた。

初日はノスタルジックな小樽の街並みを楽しみ、水族館でかわいいイルカのショーを見て癒やされた。常に隣に聡がいて同じものを見て、同じものを楽しんでいる。この旅行は今まで体験したどの旅よりも心が躍るものだった。

小樽からホテルのある札幌に移動して街を歩く。有名なお菓子屋さんや街並みについつい足を止めて、ホテルに戻るのが遅くなってしまった。

しかし到着したホテルでも、私は興奮を隠せないでいた。

「聡、見て！　すごいの。夜景が」

二十二階の部屋から見下ろす札幌市内の夜の街は、まばゆいほどキラキラと輝いている。思わず窓に張り付いてそれらを眺める。

「東京の夜景とはまた違った感じだな」

「うん。素敵だね」

「あぁ」

聡が笑ったのを見て、私の笑みも深まる。

「同じものを見て、同じように綺麗だねって思える人と結婚できてよかった」

ただそのとき感じた気持ちを口にしただけだったのに、その言葉が聡に火をつけてしまったようだ。

「俺も毎日思ってる、文乃と結婚してよかったって」

聡は私の頬に手を添えて、親指で唇をなぞる。そうされた私は、ゆっくりと目を閉じた。それが聡とのキスの合図だからだ。

そして予想通り、彼の唇が落ちてくる。優しく慈《いつく》しむような口づけに身を預けると、次第に深くなっていく。

ここまではいつもと一緒だった。うっとりと彼とのキスに没頭《ぼっとう》していると、不意に体を抱き上げられた。

「え、ど、どうかした？」

「ん？　今日は歩き疲れただろうから、俺が〝奥様〟にサービスしようと思って」

「ふふ、奥様！」

その単語にうれしくなって思わず頬を緩めた。その隙にバスルームまで運ばれた、まではよかった。問題はその後だ。

「ちょ、ちょっと待って。お風呂に入るの？」

聡が私のカットソーの裾《すそ》を持ち上げて脱がせようとする。

「いいから。全部俺に任せて」

そう言われても勝手に服を脱がされている状況で素直に「はい」と言えない。

「じ、自分でできるから。聡は外に出て。ここまで連れてきてくれてありがとう」

お礼を言ってここから出てもらおうとする。しかし彼は手を止めないでなおも私の服を脱がしていく。

「遠慮しなくていいから。今日は全部俺がやってやる」

「それってもしかして、一緒にお風呂に入るつもり？」

「当たり！」

「ダメ、恥ずかしいから絶対やだ」

必死になって脱がされそうになっているカットソーを死守する。

「やだなんて言われると傷つくな」

悲しそうな表情をしながらも手は緩めない。

「いつもと同じように交代で入ろう？」

「やだ、俺だって恥ずかしいからおあいこだろ？　風呂だって普通の夫婦なら一緒に入っているだろ？」

「普通の夫婦って一緒にお風呂入るの？」

「もちろん、当たり前だ」

はっきりと言い切られてしまうと、なんとなくそうなのかと思ってしまう。

「俺だって恥ずかしい」と言うのなら別々に入ればいいじゃない？　と、言いたいところだが普通の夫婦みたいな経験を増やしていこうと言ったのは私自身なのでこれ以上強く言えない。

黙ってしまった私を見て、聡は口角《こうかく》を上げて笑った。そしてさっさと私の服を脱がせはじめる。やられっぱなしでは、恥ずかしいだけだと思い、私も聡のシャツに手を伸ばす。しかし彼は私と違って一切抵抗をせず、なすがままだ。

羽織っていたシャツを肩から落とし、両腕から脱ぐ。ぎこちない動きの合間にも、聡は慣れた手つきで私のカットソーを頭から抜く。

同じように彼のTシャツを脱がすと、程よく筋肉のついた体が目に入る。

明るいところでまじまじと見たのが初めてで、しなやかな体を目にすると恥ずかしくて顔が赤くなる。照れ隠しのように彼のベルトのバックルに手を伸ばし脱がそうとするが、その先にあるものに思いいたって手が止まった。

バックルから顔を上げて聡の方を見る。すると彼は脱がす手を止めてじっと私の様子を窺っていた。

「ほら、続けて」

「え、うん」

やりはじめたのは自分なのに、見られていると余計に恥ずかしい。

どうして、脱がせている私のほうが恥ずかしくなるの？

想像もしていなかった類《たぐい》の羞恥心に襲われて、手がうまく動かない。カチャカチャとバックルの音がするだけだ。

「文乃」

名前を呼ばれたので顔を上げる。

「んっ……」

するとすぐにキスが降ってきた。

「そんなにじらされると、俺のほうがつらい」

聡のその目には、間違いなく情欲の色が浮かんでいた。いつも私を欲しがるときに見せるあの目だ。

聡はキスを続けながら、スカートのファスナーを下ろした。すとんと落ちたスカートの上にはぎ取るように脱がせた下着を放り投げ、私を何も身に着けていない状態にした。

そして私があんなに手こずっていたベルトをはずし下着を脱ぐと、彼もまた一糸まとわぬ姿となる。

「ふっ……んっ」

キスに翻弄《ほんろう》されている間に、バスタイムの用意は聡の手によって完璧に整えられた。

バスルームも思わず声を上げるほど素敵だった。大理石で覆《おお》われた浴室内正面は大きなガラス張りになっていて、室内同様きらめく夜景が堪能《たんのう》できる。ラウンド型のバスタブにはホテルの計《はか》らいなのか、赤いバラの花びらが浮かんでいた。たしかにここまでロマンチックであれば、ひとりで入るのはもったいなかったかもしれない。

「素敵」

「だろ?」

私の言葉に、どうだ? といわんばかりの顔をした彼は、私を軽々と抱き上げた。

「えっ、待って」

私の制止する声も聞かずに、聡は私を抱えたまま湯船にざぶんと沈む。

私はちょうど良い温かさの湯に、先ほどまで感じていた羞恥心を忘れ、心地よさを感じた。

「はぁ、あったかい」

後ろから聡に抱えられながらの入浴だったけれど、一日歩き回って疲れた体を癒やすのには最高だった。

「疲れただろ？」

「うん、でもすごく楽しかった！」

顔だけ後ろを向いて、聡の顔を見る。濡れ髪の彼が目に入りその色気にあてられそうになって正面を向いた。

なんだか変に意識して、恥ずかしがっているの私だけかも？

聡はいつもと変わらない様子で、リラックスしているだけだ。そう考えるとちょっと自意識過剰だったと恥ずかしくなる。そんなこちらの思考を聡は見破っていたようだ。

「なぁ、文乃。なんか変な想像していないか？」

「ん？　なんのこと？」

聡の裸を見て、色々想像していたなんて言えない！

「ふーん。でもさっきすごく色っぽい顔してたけど」

「え、そうかな？」

意識してたのバレてる？

「俺の目はごまかせないぞ。ほら、こっち向いて」

強引に後ろを向かされて唇を奪われた。聡は舌先を使い強引に私の唇を割ると中に侵入してきた。溺れそうなほどの深いキスを従順に受け入れる。

「甘いな、これで俺の疲れが吹き飛ぶ」

熱のこもった目で見つめられると、体の奥に火が付くようだ。

まったくそんな気がないようにふるまっておいて、こんなキスを仕掛けてくるなんて、本当にずるい。

そう思うけれど、嫌じゃない。

「明日まで疲れが残らないように、念入りにマッサージしてやるから安心しろ」

意地悪な笑みを浮かべるその顔に、胸がときめくのだからどうしようもない。

聡の宣言通り、大きな手のひらで体を撫《な》でられる。水音が耳に響き動きの激しさを物語る。

「これで、本当に……明日疲れが……と、とれるの？」

私の半信半疑の質問に、聡はこの日一番の悪い顔をした。

「知らない。でも俺がご機嫌になるのはたしかだな」

「もう！」

ふくれっ面をしてみたものの、彼がご機嫌になるのならばそれはそれでいいか……なんて心の中で思ったりして。

そんな仲良し夫婦のバスタイムで、旅行の一日目が終わった。

そして甘い夜が明けた二日目。

今日はこの旅行で一番楽しみにしていた、富良野へのドライブだ。車はもちろん神郷自動車系列のレンタカー会社で手配している。

ホテルの近くでレンタカーを借りて、最初は聡が運転する。

「後で絶対代わってね、私に運転させてね」

じゃんけんで負けた私だったが、どうしても北海道の地を運転したくて聡に懇願《こんがん》する。

「文乃が運転したいのは、富良野のまっすぐな道だろ？」

「そうそう！　あれ一回は憧れるよね？」

運転が好きな私は北海道の地を運転するのを楽しみにしていたのだ。

「本当に、絶対俺より運転好きだよな？」

「うん……」

ちょっと目を伏せた私の様子に、聡がすぐに気が付いた。

「どうかした？」

「えとね、実は友達にそんなに運転したがる彼女なんてかわいくない！　ドライブっていえば男の人の横でニコニコしているほうがいいって言われて」

「あぁ、なるほどな」

聡は納得したようで、その反応に残念な気持ちになった。

「聡もそう思うよね、かわいげないよね、私」

「いいや、俺の文乃は世の中のかわいさの枠なんか飛びだしていて、すこぶるかわいいなって思ってたところ」

「はぁ？」

なんだか意味もなくべた褒めされて、恥ずかしくなって顔を染める。

「好きだという気持ちを我慢してまで、男に合わせるのは文乃らしくないし、そんな相手なら最初からそもそも好きになんてなってなかっただろうし」

「そ、そんなものなの？」

「そういうものなの。俺は文乃の素直で飾らないところに惹かれたんだ。だから逆に、俺を思ってくれているなら、そのままでいて欲しい。俺にとっては今のままが好きなんだから」

「う……あ、ありがとう」

ここまで言われるとは思わず、恥ずかしいけれどうれしい。顔をますます赤くしてぎこちないお礼を言うくらいしかできない。

そんな私を横目で見て微笑みながら、聡はアクセルを踏み込んだ。

あちこち寄り道をしながら、ドライブの次に楽しみにしていた青い池に到着する。

「わぁ、本当にこんなに綺麗な青が存在するんだね」

聡も隣で黙ったまま、目の前に広がるブルーを見つめて頷いた。

訪れたのは午後で、ちょうど風がやんでいる時間帯だった。条件がよかったのか、本当に目の覚めるような神秘的な青さに、ふたりともしばし言葉を失った。

他の観光客もいるので、その場所をすぐに譲ったが、脳内には長くその光景が焼き付いていた。

それから私の希望通り、長くまっすぐなジェットコースターのような道を車で走った。普段は経験できないことに、私は興奮を隠せずにハンドルを握った。

帰りもまたあちこち寄り道しながら、ふたりでずっと笑い合い、ホテルで一泊して東京へ帰るときまでお互いこんなにも笑顔だった日はなかったのではないかと思うほど充実した三日間だった。

そして、楽しかった旅行から現実に引き戻されるときがきた。

「私、仕事は好きなはずなのに、ちょっと行くの憂鬱だな」

連休後、しかも聡との初めての旅行を終えた平日の朝。私は、玄関でヒールに足を入れながら唇を尖らせた。

「それは俺もそう。今日からまた文乃が十和田になると思うと、気持ちが穏やかじゃない」

会社では他人なのだから仕方ないけれど、休みの間夫婦として過ごしたせいで少し寂しく感じていた。

「もう、それは仕方ないじゃない。ふたりで決めたことなんだから。じゃあ、先に行くね」

そもそもルールを破ってまで結婚したのは私たちなのだから、文句を言う立場にはない。

聡は海外の企業とのやりとりが多い部署なので、今日も向こうの時間に合わせて出勤する。時間が合わないのは寂しいけれど仕方ない。たいてい私が先に家を出ることが多い。

「いってきます」

わざわざ玄関まで見送りにきた聡に声をかけると、彼はいつものように唇に小さくキスをする。

「気を付けて」

「うん」

玄関から外に出ると、神郷文乃から十和田文乃になる。気持ちを引き締めて会社に向かう。

会社に到着すると、荷物をロッカーに置いて少しばかり化粧を直してすぐに、旅行のお土産を持って自分が在籍する経理部に向かった。

始業時刻まで四十分ほどある。

すでに出社している人に挨拶しながらデスクに座る。

「おはようございます、南部さん」

「おはよう」

朝からキリッとしている南部さんを見て、私も気持ちが引き締まる。

「南部さん、これ旅行のお土産なんですけど、どうしたらいいですか？」

「わざわざ買ってきたの？　次からは気を遣わなくていいからね。こっち来て」

「たいしたものではないんですけど、一応」

私は南部さんに言われるまま、お土産を手に後についていく。給湯室のテーブルの上には私が買ってきたお土産と似たような箱がいくつか置かれていた。

「ご自由にどうぞ、っていうスタイルだからここに置いておくの。差し入れなんかも傷まないものは、同じようにしてね。箱に差し入れしてくれた人の名前を書くんだけど、これってどう思う？　自分で名前書くとお礼言って欲しいって感じがしてなんか嫌だよね」

「たしかにそうですね。ちょっと抵抗あるかもです」

南部さんが油性ペンを持つと【かわいい新人の十和田さんからです】と箱に書いた。

「これでよしと」

「ちょ、南部さん!?」

「ふふふ、新人は顔を売らないと。仕事がしやすくなるからね」

彼女なりの気遣いみたいだが、ちょっと恥ずかしい。

「ついでにおいしそうなのを、もらっていこう」

南部さんは私の買ってきたホワイトチョコがサンドされたクッキーと、おせんべいを手に取る。

私は、はちみつ入りのフィナンシェを選ぶと席に戻った。

「十和田さん、北海道に行ってきたんだ？　いいなぁ。もうかなり冷え込んでた？」

「はい、コートも必要でしたね。もうすぐ初雪の時期らしいです」

「へぇ、いいいな。私も一度行ってみたいな。あ、ちょっと思い出したから関係ない話してもいい？」

「はい、どうぞ」

南部さんは頭の回転が速く、時々話が飛ぶ。しかしどれも有益な話なので大歓迎だった。

「実は昔、十和田さんみたいにお土産を買ってきて処分された人がいたの」

「え、どうしてですか？　内容がまずかったとか？」

「違う、違う。社内恋愛がばれちゃったのよ。うち禁止でしょ」

「あ！　……そういうことですか」

「同じ時期に同じ場所に行ってきたってところから怪《あや》しまれて、気が付けば処分よ」

小声で眉間に皺を寄せて語る南部さんの言葉に、私はぎくりとした。

あれ……たしか聡もお土産買ってたような気がする。聡のいる海外事業部とはフロアがまるで違うが、もし勘のいい人がいてバレたらどうしよう。

頭の中で最悪なシチュエーションが展開される。

「ほんと善意でしたのにね――って、十和田さん、どうかした？」

「い、いえ。なんでもないです。あの、私ちょっとお手洗いに行ってきます」

ハンカチと一緒にスマートフォンを手に取ると、人気のないところに移って聡に電話をかけた。

出て……早く出て……。

まだ仕事に取りかかっていないことを祈りながら、スマートフォンを握り締める。

あと一回鳴らして出なければ、あきらめてメッセージを送っておこうと思った矢先、聡の声が聞こえた。

『どうかしたのか？』

「あーよかった。もうどうしようかと思った」

『おい、何があった？　どうした？』

慌てた私の声を聞いて、聡も心配するような声になった。

「私たちバレちゃうから、お土産、ダメ」

焦りすぎて支離滅裂《しりめつれつ》。だが聡にはちゃんと通じたようだ。

『あぁ、会社への土産な？　安心しろ、土産は俺買ってない。俺は休み中はずっと家でゲームしてたことになってるから』

「え、でも、何か買ってなかった？」

『あれは、文乃の実家とうちの実家への土産だろ』

「あ、そうだったんだ。私すっかり忘れてた」

うれしすぎて、すっかり実家へのお土産を忘れていた。自分はなんてダメなんだと、落ち込む。

『俺がバレるようなヘマするわけないだろ、安心して仕事しろ』

「うん、わかった」

ほっとしたものの、実家や義両親へのお土産をすっかり忘れていたと、少し落ち込んだ。

ひとつに集中したら、色々と考えが抜け落ちるのは自分の悪いところだ。

何がきっかけで秘密がバレるかわからない。気持ちを引き締めてデスクに戻った。

そんな私のそわそわした状態を見た南部さんに「大丈夫？」と聞かれて、苦笑いを浮かべることしかできなかった。

始業時刻になると、あちこちから依頼され指導され頭をフル回転させた。朝の悩みなどすっかり吹き飛んでしまっていた。

第三章　トラブル続出!?　社内恋愛

　やっと関係部署の窓口となる人の顔と名前を覚えて、社内の雰囲気にもなじんできたころ、私は岡野さんに誘われて社員食堂を利用した。なんとなく使う機会がなくそれを伝えたところ、一緒に行こうと誘われたのだ。

「十和田さん、こっちだよ」

「岡野さん、遅くなってごめんね」

「ううん、平気」

　岡野さんは広報部に配属されて、フロアも違い顔を合わせる機会はあまりなくなっていたが、マメにメッセージを送り合ったり電話をしたりして、入社時よりもさらに仲良くなっていた。

「じゃあ、並ぼうか」

　列に並んで、かなり豊富なメニューの中からふたりとも日替わりランチご飯少な目を選択して、出てくる料理をトレイに並べながら進む。

「今日、チキン南蛮《なんばん》でラッキーだね。おいしいんだよ」

「そうなの？　岡野さんは何度か利用したの？」

「うん、先輩たちと」

「そうなんだ。うちは外に行くかお弁当の人が多くて」

「経理だから倹約家が多いの？」

岡野さんの言葉に思わず笑ってしまった。

「それは関係ないかも。私貯金苦手だし」

私自身は母と兄が税理士にもかかわらず、金銭感覚がアバウトでいつも母に『しっかりしなさい』と言われていた。結婚して生活費を管理するようになり、なかなか大変だと悟った。

食費と日用品くらいしか負担してないのに、なんだかんだお金って必要なんだよね。

「十和田さん？」

「あ、ごめん。なんの話してたっけ？」

うっかり考え事をしていて、話を聞いていなかった。目の前には少し膨れた顔の岡野さんがいる。

「もう、だから仕事終わりにご飯行く日決めようって」

「あぁ、そうだったね。ごめん。私、来週なら水曜か木曜がいいな」

「じゃあ、水曜日にしようか。広報部は水曜ノー残業デーだし。お店は任せてくれる？」

「うん。お願い」

私も心当たりのお店がないわけではないけれど、聡と結婚してからは食事のときの店は彼が選ぶ機会が多かったから、値段がわからない。そんな店に同期と行くには勇気がいる。他にお店もあまり知らないのでお店の選択は任せることにした。

水曜、木曜はいつも聡が遅い日だ。そもそも海外事業部は海外の代理店や支社とやりとりを行うので、出社時間などは業務によって大きな幅がある。だから聡も出社や退勤の時間は決まっておらず、社内ではなかなか会えないうえに、一緒に住んでいても顔も見られない日もあるくらいだ。だから彼が早く帰って来る可能性のある日はできるだけ家にいたい。

結婚して一緒に暮らしてなかったら、もっと会えてなかったんだろうな。

そう思うと秘密にしている罪悪感はあるものの、結婚してよかったという思いもまた同じように湧いてくる。

「あ、あれって矢立君じゃない？」

「えっ？」

考えていたときに急に聡の名前が耳に入ってきて、驚いて声を上げた。

「そんなに驚いて、どうかした？」

「ううん、なんでもない」

不審げな岡野さんをごまかしつつ、私は視線を食堂に入って来た聡に移す。

グレーのピンストライプのジャケットに白いシャツ、そしてネクタイは私が選んだものを身に着けている。誰よりも見慣れているはずなのに、やっぱりかっこいいと思ってしばし見とれてしまった。

「矢立君の周り、すごいね。美女だらけ」

「え……あぁ、そうだね」

聡にだけ見とれていたので、彼と一緒にいる人たちに目がいってなかった。岡野さんに言われて初めて気が付いたのだ。

言われてみればかなり綺麗な人が彼の周りを囲んでいる。その空間だけ空気が違って見えた。

あ、あの人、聡の腕に触れてる。

一緒にいた女性のひとりが、彼の腕に手をかけて彼の目を見て微笑んでいる。

それを見た私の心に黒いものが渦巻く。

「あ～あ、あの女の人完全に狙ってるよね」

「え、そうなのかな？　社内恋愛禁止なのに？」

「そんなの結婚して辞める気なら問題ないでしょ。矢立君はここ数年いなかったレベルの超大型新人。海外事業部でもすでに新人の仕事はしていないってさ」

「そうだったね。プロジェクトのリーダーしてたし……」

今食堂にいる聡は、自分の知らない彼のような気がしてもやもやする。

私ったら、どうしたんだろう。言葉では説明できない負の感情。それを押し込めるように思いっきり大きな口でチキン南蛮をほおばった。

考えても仕方ない。

会社では私たちはただの同期でしかないんだから。

私は食事に集中した。岡野さんも腕時計を見て休憩時間の残りを気にしながら箸《はし》を進めている。

「ここいい？」

「え？」

顔を上げるとそこにはにっこりと微笑む聡の姿があった。

「さ……矢立君？」

「どうぞ」

私が返事をする前に、岡野さんがOKしてしまった。聡は私たちと同じ日替わり定食の乗ったトレイを机に置いて、私の隣に座った。

「ここが空いてて助かった」

そう言いながら手を合わせ早速食べはじめる。そんな聡に岡野さんが興味津々で話しかける。

「あのお姉様たちは、放っておいていいの？」

彼女の視線の先にいるのは、先ほど聡と一緒にいた女性たちだ。ちらっとこちらを見る様子には不満が感じられる。

「いいのって、さっき入口で声かけられただけだから。知らない人と食べるより、せっかくだから同期と食べたいって思ったんだけど。迷惑だったかな、十和田さん？」

「えっ……ぐっ、ごほっ」

いきなり名前を呼ばれ驚き、口の中に入っていたご飯を詰まらせそうになった。

「おい、大丈夫かよ」

聡は自分のトレイからグラスを差しだした。

慌てていた私はそのままそれを受け取り飲んだ。

「ふーありがとう。苦しかった」

「あはは、十和田さんってそそっかしいところあるよね、そう思わない？　矢立君」

話を振られた聡は、とぼけた様子で答えた。

「そうなんだ。しっかりしていると思っていたから意外だな」

答えながら長い足で私の足をコツンとつついた。

もう！　絶対面白がっている。

しかしここで対応を誤ると、自分と聡の関係がバレるかもしれない。そう思いなんとかポーカーフェイスでやりすごす。

「私は普通だと思ってるけど、それよりふたりとも、早く食べないと昼休み終わっちゃうよ」

ぱくっとホウレンソウの胡麻和《ごまあ》えを口に放り込む。

「やっぱり十和田さんはしっかりしてるね」

聡はやはり笑顔でグラスに手を伸ばし水を飲んだ。

「あ、それさっき十和田さんが飲んだコップ！」

岡野さんが声を上げて、私も初めてそれに気が付いた。夫婦なので普段気にしていなかったが、普通の同期だとしない。

「間接キスだな」

聡のにっこり笑った笑顔が白々しく見える。

もうこの状況をわざと面白がっているとしか思えずに、私は心の中で頬を膨らませた。

これ以上相手にしていられないと思い、食べ終えた後席を立った。ウォーターサーバーのところに行き、新しいグラスに水を注いで聡のところに持っていく。

「私先に戻るね。ごゆっくり」

このままだとぼろが出る気がして、聡と岡野さんを残して席を立つ。もう少し聡のように余裕を持った態度を取れればいいのだが、それができない以上彼とは人前ではあまり一緒にいないのがベストだ。

フロアの奥にあるトイレに向かった後で、エレベーターホールに歩きだす。すると、背後から小さな声で「ブス」と言う声が聞こえた。振り向くと、先ほど聡と一緒に食堂に入って来た女性のひとりがいた。小さな声だったので聞き間違いかもしれない。気が付かないふりをするのが一番だと思い、通り過ぎようとした。

「あら、耳まで悪いの?」

今度ははっきり聞こえた。私が足を止めて振り返ると、彼女は意地の悪い顔でニヤッと笑った。

「あなた、矢立君と同期だからって、べたべたしすぎじゃない？」

先ほどの食事風景を見られていたようだ。

「べたべた……ですか？」

「とぼけないで。目障《めざわ》りなのよ。ブスのくせに」

軽く肩を押されてよろけた。その背中が誰かに当たる。

振り向くとそこには聡の姿があった。

「あれ十和田さん、先に行ったんじゃなかったの？」

言葉の調子は軽いけれど、目が笑っていない。今ここに現れたばかりのはずだが、
彼は状況を把握しているようだ。

「うん、ちょっと」

正直に話すわけにもいかず、その場をごまかす。先の女性は聡が現れた途端、私を
いないものとして扱いはじめた。

「矢立君、午後からなんだけど――」

「えーっと、すみません。どちら様でしたっけ？」

聡の言葉に、女性の顔が引きつる。

「何言っているの、同じフロアで働いているのに」

知らないわけないと言いたいのだろうが、聡は首をかしげた。

「フレックスタイムで皆さんの出勤がまちまちなので、あまり関わりのない方のお名前を覚えていなくて。すみません」

聡が嘘をついているのに、私はすぐに気が付いた。彼が人の顔と名前を一瞬で覚えられるのを知っているから。

「関わりがない、ですって!?」

女性の顔が、怒りからか真っ赤になる。しかし聡はそんな女性の様子を見てもどこ吹く風だ。

「十和田さん、そろそろ時間じゃない？　俺もそっちのフロアに用事があるから一緒に行く」

「え、うん」

私は先に歩きだした聡の後ろをついていく。ちらっと振り返ると怖い顔の女性がこちらを睨んでいる。

エレベーターではなく人気の少ない階段を使う聡に、小声で話しかけた。

「まずいんじゃない？　同じ部署の先輩でしょう？」

「別に構わないさ。本当にあまり仕事では関係ない人だから。逆に色々と話しかけられて迷惑してた」

あっけらかんと言う聡だったが、私は不安になる。

「だからって、あんな態度とるなんて。何が原因で私たちの関係がバレるかわからないのに」

「大人げないとわかってるけど、文乃をいじめるやつは許せない」

まっすぐ前を見て歩きながら言われた言葉に、それまで負の感情が渦巻いていた胸の中がくすぐったく震えた。

本当は注意しなくちゃいけないのに、聡が何よりも私を優先しているとわかってうれしい気持ちが隠せない。

「守ってくれてありがとう、でも気を付けてね」

「そんなかわいく言われると、今すぐキスしたい」

「ちょっと！」

全然反省していない様子の聡に呆れつつ、笑ってしまう。ふたりで談笑しながら六階に行くと私は経理部へ、聡は総務部へとそれぞれ別れて歩き出した。

席に着くと見慣れない人が、南部さんと話をしているのが目に入った。

「あ、戻ってきた。聞いたわよ～海外事業部の女豹《めひょう》に引っかかれそうになったんですって？」

「どうしてそれを？　しかも女豹って……」

たしかにあの鋭い視線を思い出すと、妙に納得する。

「私の情報網を舐《な》めないで。で、あの矢立君をめぐって戦ったんでしょう？」

「戦ってないです。ただちょっと誤解があっただけで。それに私だけが矢立君と食事してたわけじゃないですから。広報部の同期も一緒でした」

「それって、岡野さん？」

突然、南部さんの隣に立っていた男性が口をはさんできて驚いた。

「はい……あの……」

南部さんに、この人物が誰なのか視線で尋ねる。

「あら、あんたまだいたの？」

「ひどいよ、奈々恵ちゃん」

「気持ち悪い呼び方やめてよ」

軽快なやりとりをしているふたりを、しばし眺めていると南部さんがやっと彼を紹介してくれた。

「広報部の大間俊樹《おおまとしき》よ。私の同期。会うの初めてだったかしら？　あ、そうか大間は長い間出張続きだったもんね〜」

「はい、初めてお会いします。十和田文乃です。よろしくお願いします」

頭を下げ挨拶をする。

「初々しいねぇ。これからは頻繁に顔を出すからよろしくね」

と、目を細める大間さんに、南部さんはまたしても辛辣《しんらつ》だった。

「おじさん通り越して、そんなひどい言い方するんだ！　奈々恵ちゃん」

「なんで、そんなひどい言い方するんだ！　奈々恵ちゃん」

抱き着こうとした大間さんを、南部さんがチョップで制した。

「セクハラで訴えるわよ。十和田さんも気を付けて、こいつ本当に誰にでもいい顔するから」

「そんなひどい。僕はかわいい子が好きなだけなんだ。だから十和田さんも仲良くしようね」

手を差しだされて握手を求められた。拒否する理由もないので差し出すと両手をがっしり握られて驚く。

「ほーら、早速。やめなさい」

南部さんが、大間さんの手をはたくと、やっと手が離れた。

「奈々恵ちゃん、やきもちはもっとかわいく、ね？」

「何がやきもちよ、もう仕事するんだから、自分の部署に戻って。ほら、しっしっ」

手を使って大間さんを追い払う。全然堪《こた》えた様子のなかった大間さんだがニコニコしたまま「じゃあね。また来るね」と言い放ってフロアを出ていった。

「あの……なんだか愉快な人ですね」

「愉快？　うるさいだけでしょ？　それよりも女豹との対決聞かせて」

興味津々といった様子で詰め寄られた私は、ボロが出るといけないと思いこの場を離れることにした。

「あ、私課長に資料探してくるように言われてたんでした。行ってきます！」

「あ、逃げた」

南部さんの声を聞こえないふりをして、資料のあるキャビネットの前に立ち、ほっとする。噂って光の速さで伝わるのね……注意しておかないと。

特に聡は、若手社員に人気があるだけでなく役員の覚えもめでたい。

彼はこれまで自身で会社を作り利益を出してきた人間だ。規模はまったく違うが、考え方や仕事の進め方は常に経営者の目線でみていたはず。だからこそ入社して半年やそこらで立てたいくつかの企画が、すでに採用され始動しはじめている。それに加えあの目立つ容姿だ。皆の注目を集めるのも無理はない。

だからこそ、社内で彼と一緒にいるときは細心の注意を払うべきだと改めて気を引き締めた。

その日の夜。久しぶりにふたりで夕食を終えてお風呂を済ませた。聡がプレゼントしてくれたお揃いのパジャマを身につけ寝室に向かうと、彼はベッドでタブレットを操作していた。どうやら海外の市場の動きをみていたようだ。

そのあたりは経理部の私も関係がある。為替《かわせ》のヘッジはもとより、資金調達も経理の仕事だからだ。

「今日の動きはどんな感じ？」

「うーんちょっと鈍いかな」

タブレットを覗き込もうとすると、聡がすぐに画面を消した。

「あっ、見たかったのに」

残念そうに不満をあらわにした私の頬を聡がつつく。

「勉強熱心なのもいいけど、今は俺だけの事を考えて欲しいな」

見つめるその目が艶やかに光る。すると私はすぐに誘惑されてしまった。

「久しぶりだもんね。こうやってゆっくり過ごすの」

一緒のベッドで寝ているが、たいてい私が先に寝て先に起きる。聡が海外中心の仕事をしている以上仕方がないのだが、寂しい思いは募っていく。

「今日は昼間も文乃に会えたし、全体的にはいい日だったな」

聡はごろんと横になりながら、私の手を引いて腕に抱いた。

「何か嫌なことがあったの？」

「あぁ、奥さんの不倫現場目撃した」

「え、私？」

焦って起き上がろうとした私の体を聡が引っ張ったので、またもとの彼の腕の中だ。

「広報の大間さんに手を握られていただろ？」

「あ、あれね。でもあれはただの握手だし」

「ただの握手？　だったら俺としてみよう」

聡が手を握ってきた。指を絡める恋人繋ぎだ。

「こんな握手してないんだけど？」

軽く睨んでも聡はどこ吹く風だ。

「でも、こんなふうにされたかもしれないだろ」

「あっ」

親指を使って手のひらを軽く撫でられた。くすぐったいだけじゃない感覚に思わず身を震わせる。

「ほら、感じてる」

「そ、そんなことない。くすぐったい……いやぁ」

今度は手首のあたりを指でなぞられ、新たな刺激を与えられ身を震わせた。

「な、何？　こんなの反則じゃないの？」

「男女の間にルールなんてないんだよ。今さら何言ってんの？」

色気をまとった笑みを浮かべた聡の顔が迫ってきたかと思うと、あっという間に覆いかぶさってきた。そして掴んだままの腕を反対の手と一緒に頭の上でシーツに縫《ぬ》い留められた。

「ほら、手を取られただけでこんなことになる。たかが握手だなんて思っちゃいけないってわかっただろう？」

聡がしているこの行為は、すでに握手からかけ離れている。しかし反論する余裕などない。

「わかった。気を付けるから、これほどいて」

拘束《こうそく》されている手をほどいて欲しくて懇願する。しかし聡の目はいたずらに光るばかりだ。

「ダメ。体で覚えさせるから」

そう言うや否や、聡は私の首筋に顔をうずめた。しっかりと弱点を把握している彼の唇が触れると、面白いくらいに体が反応する。

「もう……」

それが拒否を意味しないのは、聡もお見通しだ。いつもと違う自由を奪われた状態にいつにもまして羞恥心を煽《あお》られる。

「あ……もう、んっ」

片手と唇だけで触れられて、いつもよりも刺激が少ないはずなのに、体の奥が燃えるように熱い。

「はぁ。かわいい」

耳元で囁かれ、限界だと感じ再度懇願する。

「聡、手をほどいて。思い切り抱きしめたいの」

潤《うる》む目で必死になって聡を見つめた。

「そんな目で見られると、たまんないな」

聡はすぐに手の拘束をとくと、私をきつく抱きしめた。私もしっかりと彼を抱きしめ返す。

「あんな言い方するなんて、反則だろ」

聡の抗議に言い返す。

「恋愛にルールなんてないって言ったの、聡だよ？」

「生意気だな」

軽く睨んだその姿さえセクシーで私の体温を上げた。

「じゃあ、これから何してもいいってことだな」

「あ、そういう意味じゃ……ちょっと――」

それからの聡の猛攻に、自分の発言を少し後悔した。

ただそれも、聡に愛されるとすぐにどこかにいってしまった。

街がクリスマス色に塗り替えられてすぐの十二月はじめ。

一足早く同期だけで忘年会が開かれる。全員が集まるのは難しいが、本社や近郊の営業所に勤務する同期たちと顔を合わせる機会を私は楽しみにしていた。

会場は会社近くのダイニングレストラン。多国籍料理が味わえて二十人前後で使えるフロアもあり、同期会にはピッタリだった。

集合時刻は十九時。本社組はエントランスに集まって、みんなで歩いて会場に向かった。

私は岡野さんと並んで歩く。

「十和田さん、経理はこの時期忙しい？」

「うん、四半期決算があるから、どうしてもね。でも今日は同期会があるって言ったら快く送り出してくれたの」

「そっかーお互い大変だね。私もこの間ちょっとミスしちゃってね――」

互いの近況報告をしながらお店に向かう。聡も一緒に本社を出たが、彼は製造部の男性社員と歩いていた。そこに数人の女子が近寄って何か話しかけている。

「ねぇ、聞いてる？」

「え、ごめん。もう一度言って」

聡に気を取られていて、岡野さんの話をきちんと聞いていなかった。謝ったが彼女は頬を膨らませている。

「もう！　いったい何見てるの……あぁ、矢立君か。すごいね～どこいってても女の子に囲まれてるね」

「そ、そうなんだ」

それは初耳だ。しかし以前食堂でも同じような光景を見ているので、おそらく本当の事なのだろう。

なんだかもやもやする。だけどここでどうすることもできないのだから、見ないようにするのが一番だ。

そうこうしているうちに今日の会場の店に着いた。

「あ、着いた。今日はいっぱい飲もう」

「うん、そうしようか」

岡野さんと連れ立って店に入る。自動ドアの中は照明が落とされていて少し薄暗い。暖房がよく効いていて、冷えた体が生き返るようだ。

幹事が受付を済ませて「こっちだ」とフロアに案内する。いくつかあるテーブルにはすでにセッティングがされており、各自席に着いた。

私は岡野さんと、近くの支店に配属された女性社員ふたりと同じテーブルに着く。これまで研修では何度も顔を合わせているので、それなりに話に花が咲く。

一方聡は、私の斜め前の席に、ここまで一緒に来た製造部の男性社員と後から話しかけてきた女性社員と同じテーブルに座っている。こちらからは彼の背中しか見えないが、話は聞き取れる。

どうせならもっと離れた席のほうが良かったかも。そうすればあまり気にしなくて済んだのに。

全員に飲み物がいきわたり、幹事の乾杯の音頭《おんど》で同期会がスタートした。この店の名物はシュラスコのようで、串に刺してこんがり焼けた大きな塊肉が運ばれてきた。スタッフがナイフで切り分け皿に乗せる。

「わぁ、おいしそう」

思わず声が漏れた。他の同期も同じような反応を見せている。最初のシュラスコを皮切りに様々な部位のお肉が次々に運ばれてくる。

サラダはビュッフェ形式になっていて、各自で食べたいときに取りにいくようになっていた。これがなかなかよくて、適度に席を立つので色々な同期と挨拶を交わしたり話ができた。

ちょうどその場に幹事がいたので声をかける。

「今日は色々準備してくれてありがとう。すっごく楽しい。ビュッフェなのもいいね？　席を立ちやすいからいろんな人と話ができて」

私の言葉に幹事はほっとした表情を見せた。

「よかった。最初の大きな同期会だから失敗できないと思ってたんだ。矢立に相談して店を決めたのがよかったのかも」

「あ、そうなんだ」

そんな話は初耳なのでちょっと驚いた。

「色々アドバイスしてくれて助かった。なんかすげーエリートふうだから話しかけづらかったんだけど、向こうから『困ってないか』って聞いてくれてさ。実際色々迷ってたから助かった。ビュッフェを勧めてくれたのも彼だよ。ほんと、俺が女だったら抱かれたい！」

幹事の男性社員は興奮のあまり早口でまくしたてている。それくらい今回の同期会がうまくいってよかったと思ったのだろう。同時に、聡への好意をありありと口にしていた。

「そうなんだ。本当にありがとう」

「いや、楽しんでね」

私たちは軽く手を振って別れた。

聡は本当に周囲をよく見ている。またひとりファン増やしたみたいだ。

自分の夫が褒められるのは単純にうれしい。一見して強引で、生意気なところもある。けれど彼は困っている人を見捨てない。

あぁ、かっこいいな。

また好きになっちゃうな。

アルコールの入った私は、思考が単純になっている。純粋に彼への愛を再確認していたところでふと黄色い声が耳に入ってきた。

「矢立君、今度飲みに行かない？」

聡の名前を女性の声が呼んでいるのを聞いて、耳が思わずその会話にとらわれた。

「えー私も一緒に飲みたい。ねぇ、同期なんだしたまには情報交換しない？」

あからさまな誘いにむっとするが、口をはさめずにお皿にサラダを盛りながら聞き耳を立てる。

きっと聡は断るはず。そう安心しきっていたのに――。

「いいよ、別に」

――ゴトン。

思わず手に持っていたトングを皿の上に落としてしまった。

どうしてOKしたのか、不満が渦巻く。私の耳は余計聡たちの会話に集中した。

「本当にっ！　嘘、やだ。うれしい」

女子社員たちの喜びにあふれた黄色い声が、グサグサと胸に刺さる。

「じゃあ、いつにする？　こっちも何人か女の子連れていくから矢立君のお友達も連れてきてくれないかな？」

それってば、飲み会は飲み会でも合コンじゃない？　なんの情報交換をするつもりなのだろうか。むかむかとした嫉妬心がどんどん湧き上がってくる。

「あ、でも俺は彼女連れていくけどね」

ビールを飲みながらさらっと言ってのけた聡の言葉に、周りの女性たちのテンションが明らかに下がった。

「矢立君、彼女……いたの？」

「あぁ、すごくかわいい子だよ」

聡の言葉に、直接自分が言われたわけではないのに、頬に熱が集まるのを感じて慌てる。

「そ、そうなんだ。まあ、矢立君レベルの人がフリーなわけないよね」

「それどんなレベルだよ」

クスクス笑うその顔に回りの女性たちが見とれているのに、聡は気が付いているのだろうか。いやむしろそういう事は日常茶飯事《にちじょうさはんじ》で気にも留めないのかもしれない。

とりあえず聡が合コンに参加する意思がないとわかってほっとする。

「ねぇ、そんなに誰が食べるの？」

「えっ？」

背後からいきなり聡が話しかけてきて、ビクッとなり皿を落としそうになる。それを彼が支えてくれた。

その皿を見て自分自身驚いた。サラダが山のように盛られていたのだ。どうやら聡と女性社員たちの話を夢中になって聞いていたせいで無意識にサラダをこんなにお皿に取りわけていたようだ。

「え、嘘。どうしよう」

「ぷっ、そんなに焦らなくても、俺が手伝うよ」

近くにあった新しい皿に、聡が私の皿からサラダを取り分ける。

「なぁ、俺が合コンに行くと思って焦った？」

聡が身をかがめて私にだけ聞こえる声で話をする。

「それは……ちょっと。もしかしてわざと？」

「さぁどうだろう？」

いたずらめいた笑みに、彼がわざと私にあの会話を聞かせたのだと確信した。

「意地悪」

そう短く答えると、私はまだかなりあるサラダを皿にのせたまま席に戻った。

「え、十和田さんこれ全部食べるの？」

「たぶん無理だから、みんな手伝ってくれる？」

「あはは、いいよ。みんなで食べよう」

山盛りのサラダは四人で食べるとすぐになくなった。それから後はサングリアを片手に女子トークに花が咲く。

もちろん聡の話題も出たけれど、私はさほど興味なさそうに相槌《あいづち》を打つだけに留めた。変に興味を示して、墓穴《ぼけつ》を掘ったら困るからだ。こういうフランクな交流の場だと必ずといっていいほど聡の名前が出るので、素知《そし》らぬふりをするのも慣れつつあった。

しかし、さっきわざとやきもちをやかせようとしたのには、まだすねていた。

「どうかした？」

聡の話を避けるべく口数が少なくなっていた私を、岡野さんが心配してくれた。

「え、ううん。なんでもない。おかわりしようかな」

「いいね、付き合うよ！　すみませーん」

岡野さんが元気に手を上げると、すぐにスタッフの人がやってきて四人それぞれおかわりを注文した。それからもあれこれと話題は尽きず楽しい時間を過ごした。

間もなく終了するだろう少し前に、私はレストルームに向かう。

個室に入り「はぁ」と大きな息を吐いた。久しぶりに同期と会い、テーブルでは女子会さながら色々な話をして楽しかった。しかし、ことあるごとに聡の動向を気にしてしまい気疲れしたのも事実。

個室でひと息ついていると、外が騒がしくなった。どうやら続くパウダールームで外では話せない女子トークが始まってしまったようだ。

話し声からすると聡と同じテーブルに座っていた女性たちだ。

「矢立君彼女いるんだって、残念」

「あぁ、それね。まあいないほうがおかしいと思うけどね」

聡の名前が聞こえてきてドキッとした。盗み聞きなどするべきではないとわかっているけれど、どうしても無視できない。その場で息をのんで、みじろぎひとつせずに耳をそばだてた。

「どんな子なんだろうね。モデルとか芸能人とかでもおかしくないよね」

「えーでも資産家の娘とかじゃないの？　彼、言わないけど育ちはよさそうだもの」

「あー納得。でもどちらにせよ、絶世《ぜっせい》の美女だろうね」

聞けば聞くほど聡の彼女像が私からかけ離れていく。聞かなければいいのだろうけど好奇心に勝てない。

「でも学生時代にできた彼女と、うまくいかずに別れるっていう可能性は、一般的に高いじゃない？　やっぱり近くにいる私たちのほうが有利だと思うけど」

「えーすごい、狙うの？」

「私なんか無理だよ、自信ない。でもかっこいいよね、もっと色々話をしたいな」

それからすぐに声は聞こえなくなった。しかし私は閉まったままのトイレのドアを見つめたまましばらく動けなかった。

聡の隣にいる女性として、私はふさわしくないのかもしれない。そんなことが頭をよぎる。考えてみても仕方がないのだけれど、お酒を飲んでいるせいかいつもよりも感情のコントロールが難しい。

バッグの中のスマートフォンが震えているのに気が付いて、私はやっと重い腰を上げて個室を出た。

《先に帰るぞ、抜けてこい》

聡からのメッセージだった。私も一緒に店を出て帰宅はできないと思っていた。だからみんなが店を出る前に抜けだすのだろう。

頭の中で言い訳を考えながらテーブルに戻る。

「ちょっと飲みすぎたみたい、先に帰っていい？」

「会費は支払っているから平気だけど、大丈夫なの？」

トイレに行っていた時間が長かったので、心配されてしまったようだ。嘘をつくことに少々胸が痛むが心の中で謝って荷物を手に持った。

「うん、平気。タクシー拾って帰るね」

「気を付けてね。バイバイ」

同じテーブルに座っていた子たちにも手を振り、店の外に出た。

ビューっと枯れ葉を舞い上がらせながら強い風が吹く。一気に寒い場所に出て突き刺すような寒さで頬が痛い。

聡はどこだろう。とりあえず駅に向かって歩きながら、スマートフォンを手にしたとき、誰かに腕を引かれた。

「あ、聡」

「うまく抜け出せたか？」

「うん、たぶん」

さっきまでは同期だったのに、急に夫婦モードなのでなんだかそわそわする。そろそろ慣れてもいいと自分でも思うがいつもうまくいかない。

しかし彼はそうでもないらしく、すぐに私の手を繋ぎ自分のコートのポケットに突っ込んだ。それがさも当たり前だというようにしているけれど、恋愛慣れしていない私にとってなかなか憧れのシチュエーションでドキドキする。

「聡、ここまだ店の近くだよ」

「こんだけ人がいたらばれないよ」

たしかにこの時期忘年会などで夜の繁華街の人出はにぎわっている。しかしどこで誰が見ているかわからないのに――。

「まずい」

聡が手を引いて私を路地裏へと連れ込む。

「ど、どうしたの？」

「同期のやつらがこっちに来る」

「え、嘘」

ちらっと顔を覗かせると、聡と同じテーブルに座っていた女性社員たちだった。キョロキョロしながら歩いている。

見つかったらどうしようと、心臓がドキドキする。ここからひとりの女性の姿が確認できる。

「ねぇ、聡を探しているじゃない？」

「あぁ、たぶんそうだろうな。幹事にしか帰るって言ってないから」

それでお目当ての聡がいなくなって、探してるのか。

「お、こっちに来る」

聡は私の手を引いて、路地裏から反対側の道路に出ると、空車のタクシーを探している。

「ねぇ、いいの？」

「あぁ。最後までいて二次会に誘われでもしたら最悪だ」

「でも……」

「いいから、俺は今から文乃とふたりで二次会するって決めてるから」

「な、何それ」

思わず笑ってしまったけれど、ふたりでいたいと思っているのだとわかってうれしい。私は彼に繋がれた手をぎゅっと握り返し、ふたりでタクシーで家まで帰った。

部屋に帰ると順番にシャワーを浴びた。私が出ると先にシャワーを終えた聡が台所で何かしている。

「お、出てきた。もう少し飲むだろ？　二次会」

「本当にするつもりだったの？」

聡の手元には、クラッカーにクリームチーズと生ハムを乗せたものや、ナッツにオリーブなど、おつまみが用意されていた。わざわざ私がシャワーを浴びているうちに用意していたのだ。

「おいしそう！　せっかくだから飲む！」

「そうこなくちゃな」

聡がシャンパンを冷やしてあると言うので、フルートグラスを準備してソファの前のテーブルに置いた。

すぐに聡がオードブルを持ってやって来て、シャンパンを小気味良い音を立てて開栓する。グラスに注ぐとシュワシュワと響きの良い音を立てた。

「乾杯」

ふたりでグラスを合わせて、二次会を始めた。

「ん、おいしい。飲みやすい」

「だろ？　文乃の好みだと思って買っておいたんだ」

半分になったグラスに、聡がシャンパンを注ぐ。飲み会ですでにけっこう飲んでいるので、飲みすぎたらダメだとわかっているけど勧められるとついつい飲んでしまう。

——その結果。

「好き」

「なんだ、どうしたんだ？」

いい感じで酔った私はついつい気が大きくなっていた。聡に抱き着いて絡んでいる。

私の腕をほどき様子を見ようとする彼に、私は腕を強く絡めた。

「好きなの。ねぇ、わかってる？」

耳元でもう一度彼に自分の気持ちを伝える。彼は私を引きはがすのをあきらめて私にされるがままだ。

「もちろん、わかってるよ。なんだよ、かわいいけど少し酔いを醒《さ》まそう？」

「やだ、どこにもいかないで」

自分でも、こんなわがままどうかと思う、でもトイレで聞いたあの同期の女性たちのセリフが心のどこかに引っかかっているのだ。

「いいから、待ってろ」

聡は私を引きはがすと、冷蔵庫からミネラルウォーターを取り出して差し出す。

素直にそれを受け取ったけれど、酔っているのかキャップがうまく開けられずに、見かねた聡が開けてくれた。

ペットボトルを受け取ろうと手を差し出した。

しかし、その手は聡につかまれた。

「なんで?」

疑問に思ったのも一瞬だった。次の瞬間彼がミネラルウォーターを口に含み、私に口づけてきた。

「ん! ……っん」

少しぬるくなった液体が、口内に流れ込んできた。驚いたもののごくんと飲み干すと、続けてもう一度、聡が口移しでミネラルウォーターを私に飲ませた。

二度目のそれを私は抵抗せず受け入れた。

彼の目が至近距離で私をじっと見つめている。深いこげ茶色の彼の瞳の奥。吸い込まれそうなほど美しいそれに見つめられていると、それまでもやもやしていた気持ちが落ち着いてきた。

「もっと飲む?」

聡の問いかけに、首を振って「もう大丈夫」だと伝えた。すると彼はニコッと笑うとチュと小さなキスを唇に落とした。

しかしすぐ離れていってしまった唇を寂しく思い、私は自分から彼の唇を奪った。

「……んっ、ふっ」

突然の私からのキスに、聡の声が漏れた。私は彼の頬を包み角度をつけて彼に口づけを繰り返す。

気が付けば私は、ソファに座った聡の膝の上をまたいで座っていた。上から見下ろす聡は新鮮だ。彼は何も言わずに私にされるがままになっている。

「今日は嫌に積極的だな」

「ダメ？」

「そんなはずない。いつでも大歓迎。でも――」

彼が私の首の後ろに手を伸ばし顔を引き寄せた。そして少し強引に唇が重なる。先ほど自分がしたキスがまるでおままごとに思えた。

唇の間からあっという間に侵入してきた舌に、口内のいたるところを暴《あば》かれていく。舌を絡み合わせ飲み込めなくなった唾液《だえき》が、口元からこぼれ落ちる。それを彼が舌先で掬《すく》い取った。

「これくらいしてもらわないとな。ほら、どうぞ」

色気のこもった目で見つめられると、胸がきゅっとなる。

彼のバスローブの胸元に手を伸ばしはだけると、男らしくほどよく筋肉が付いた体が目に入る。何度も見ているけれど自分が脱がせているのだと思うといつもと違う感じがする。

体を傾け、彼の耳にキスをする。彼が小さく反応すると次は首筋に舌を這《は》わせた。慣れない手つきで彼の胸元に手を這わせる。硬いけれど熱い滑《なめ》らかなそこを撫でる。わずかだけれど彼が反応を繰り返すと、なんとなくうれしくなる。次はと考えているところで、ソファに押し倒された。形勢逆転だ。

「いつまでまどろっこしいことするつもり？　それともじらしているのか？」

「そ、そんなつもりじゃ……」

「悪いが、文乃のターンは終わり」

「でも！　今日は私が……」

反論しようとした唇を彼が奪う。

「悪い、俺が興奮しすぎて抑えられそうにないんだ」

はっとして彼の顔を見ると、いつもよりも潤んだ瞳に熱い吐息。それに目元もうっすらと赤くなっている気がする。

「私に興奮してるの？」

「当たり前だろ。ここまでじらした責任をちゃんととれよ」

「あっ……」

返事をする間もないまま、彼が私の服を脱がしていく。少し強引にパジャマの裾から手を入れられたが、その性急ささえも彼の興奮を表しているようでうれしく思う。

「ねぇ、聡。私でいいんだよね」

「ん？」

聡が顔を上げて私を見る。

「私、聡と一緒にいていいんだよね。お金持ちでも美人でもないけどそれでもいいんだよね？」

今日の不安が一気に湧き上がってきた。それをそのまま彼にぶつけた。

「なんだ、どうかしたのか？」

聡が動きを止めて、手を私の頭に乗せた。そして優しく子どもにするように撫でる。

私は不安になった理由を口にできなくて黙り込んだままだ。

「何があったか知らないけど、俺は自分から絶対手に入れたい、結婚したいって思ったのは文乃だけなんだ。金や容姿なんてどうにでもなる。でも俺の文乃は世界でただひとりだ」

「だけど！」

反論しようとした私の唇に聡が人差し指を突き付けてそれ以上話せなくする。

「文乃は俺が神郷の跡取りだって知らなくても受け入れてくれただろ。それとも俺に金がなかったら付き合わなかった？」

「そんなこと、絶対ない！」

それは断言できた。むしろ彼が神郷自動車の跡取りだと知ったときには、困惑のほうが大きかった。

「それに文乃の、丸くて綺麗な目も、ニコッと笑うかわいい口も、俺を呼ぶ声も、素直な体も、全部俺にとっては最高なんだよ。だから文乃じゃなきゃ困るのは俺のほうなんだ」

「聡……」

自分の自信のなさから来る不安を、彼は丁寧に言葉で解消してくれる。いや言葉だけじゃない。優しい声やまなざし、私に触れる手。態度からも私に対する深い思いは伝わる。

そう、わかっていた。彼の思いを疑うべきじゃない。

周囲の意見に流されて、勝手に自信をなくしてしまった。誰よりも信じなくてはいけないのは彼なのに。

「ありがとう、聡」

なんだか胸がいっぱいになり、感謝を告げて彼を抱きしめた。

「いや、言葉よりも態度で示して」

「どういう意味？」

思わず首をかしげた私の首筋を聡が甘噛《あまが》みする。

「そろそろおしゃべりはおしまい。俺の文乃への愛情がどれくらい重いか、今度は体で教えてやる」

彼の目があやし気に輝いたような気がした。

「そ、それは……明日も仕事だし——」

「遠慮しなくていい。余計なこと考えなくていいようにしてやるよ」

聡の言葉は本当だった。その後私は彼の愛にただひたすら溺れる夜を過ごした。その証《あかし》を刻まれた体を翌朝見た私は、いたるところにちりばめられた所有の印を見て呆れるとともに、妙な幸福感を得たのだけれど、それは聡には内緒にした。

これ以上の印は、さすがにごめんだと思いながら……。

第四章　社内恋愛に悩みはつきもの

日曜日の昼に近い朝。

聡と私はまだベッドの中でゴロゴロと過ごしていた。はたから見たら怠惰《たいだ》な時間だけれど、何をするでもないけれどお互いを近くで感じるこの時間は、まだ新婚ともいえる私たちには、大切な時間だった。

「わぁ、かわいい」

休日の朝、南部さんから送られてきたメッセージに貼られていた画像は、生まれたばかりの彼女の姪《めい》の画像だった。

隣から聡も覗く。

「小さいなぁ」

「まだ生後一ヵ月も経ってないって。お姉さんが里帰り出産したみたい」

南部さんは姪の誕生がかなりうれしかったようで、私に姪のかわいさを伝えたかったらしい。

「小さくて、かわいいね」

「あぁ、文乃は赤ちゃん欲しい？」

急に聞かれて、少し考えたけれど素直に答えた。

「もちろん、欲しいよ」

結婚の話が出たと同時に子どもについても考えた。もちろん授《さず》かりものだというのはわかっているし、欲しい夫婦のところに必ず来るわけでもないのも理解している。

「神郷自動車って、男女問わずの育児休暇や出産手当、時短勤務に、提携の保育園まで本当に手厚いよね」

今では珍しくないが、わが社はかなり昔から男性の育児休暇を認めている。今ではほとんどの男性社員が育児休暇を取っている。

「だから俺たちのところにも、いつ来てくれても安心だな。早速……と」

「ねぇ、ダメだからね。そもそも結婚してるのも秘密なのに」

社員に対する福利厚生《ふくりこうせい》は手厚いのに、なぜだか時代錯誤《さくご》の社内恋愛禁止の暗黙のルールがある。

「難しく考えなくていい。俺たちの子どもだ。きっとこの世に生まれたいと思ったときにやって来るはずだ。だからそのきっかけ作りは俺たちが頑張らないとな」

何やら聡の手の動きが、怪しくなってくる。

「ねぇ、ちょっと待って。午後から神郷のお義父様とお義母様にお呼ばれしてるでしょ?」

「あぁ、そうだったな」

聡はまったく気にしない。むしろ手の動きが激しくなる。

「ダメだって」

「いいから、十分間に合うし、別の日にしても構わない。それにうちの両親だって、俺たちがこうやって仲良くしてるほうが喜ぶはずだ」

「そんなはず、ないじゃない!」

「いいから、黙って。俺、今日は文乃を好きにしたい」

熱のこもった目で誘惑してくる。そんなふうに請われると、抵抗できなくなる。聡はそれをわかってやっているのを理解しているが、やっぱり彼に欲しいと言われると受け入れてしまうのだ。

「ちょっと、だけだよ?」

私が折れた瞬間に、待ってましたとばかりに私を強く抱きしめた。

仕方ないなぁ。と思いつつ、心の中で小さな何かが引っかかる。ここのところ何度も聡が求めてくる。普通結婚すればこういった行為は落ち着くものだと思っていたが、聡の場合はどんどんエスカレートしているように思えた。もちろん嫌なわけではないが、なんとなく気になる。

しかし聡に抱かれていて、考え事を続けるのは難しい。なぜならすぐに脳内が彼が好きだという気持ちでいっぱいになるからだ。

自分から漏れる甲高い声を恥ずかしいと思う。けれど聡がそれを聞きたがっているのも私は知っている。だから我慢せずに、いつも素直に反応する。

そんな甘くて濃い時間を過ごしているうちに、午前中はあっという間に過ぎ去ってしまった。

結局必死になって準備したおかげで、約束の時間には間に合った。

聡のご両親の住む家は、神郷家の本家とは別のところにある。

ここもかなり立派なのだが、会長の住む本家はこの三倍ほどの広さだと聞いて、目をむいた。

「お義父様、お義母様、ご無沙汰しております」

笑顔で迎えてくれた義理の両親に頭を下げた。義父が自社の社長だとわかっているが、会社で見る姿とは違い今日はダンディなおじさまだ。

「文乃さん、よく来たわね。さぁ、こっちにいらして」

聡と一緒に応接室に案内された。

「文乃さん、仕事のほうはどうかね？　少しは慣れたかい？」

「はい、皆さんに助けてもらって、楽しいです」

「そうか、そうか。経理部長が君の事褒めてたよ。愛嬌《あいきょう》があって誰にでも笑顔で、まじめで積極的で、その上きちんと数字が読める。近年まれに見る優秀な社員だって」

目を細めながらうれしそうに言われて、恥ずかしさからもじもじと視線を逸《そ》らした。

「そんな、褒めすぎです。実際は毎日あたふたしてるだけなので」

「そうか、そうか。ただ楽しいならよかった」

「はい、気にかけていただいてありがとうございます」

頭を下げると、お義父様がうれしそうに頷いた。立場が立場なので直接話しかけられたりはもちろんなかったが、お義父様の心配りをありがたいと思う。

「君には窮屈な思いをさせているからね。仕事を楽しいと言ってもらえて安心したよ」

「本当にくだらないルールだよな。さっさと撤廃《てっぱい》してくれ」

急に不満げに口をはさんだ聡を見て、お義父様はため息をついた。

「撤廃したいなら、会長をお前が納得させろ。それくらいできなくてどうするんだ」

聡の祖父であり会長でもある神郷卓氏が、社内恋愛を禁止にしたらしい。聡のご両親は幼馴染《おさななじ》み同士らしく、ルールに縛られず結ばれたので、そうなった詳しい話を積極的には調べようとは思わなかったようだ。

「文乃さん、ちょっとこっち手伝ってもらえる？　お菓子作ったのよ」

応接室に顔を出したお義母様に言われてついていく。厨房《ちゅうぼう》と言えるほど広いキッチンのセンターテーブルには、お義母様が手作りしたという焼き菓子が数種類ならんでいた。

「これ、全部お義母様がお作りになったのですか？」

そのプロ顔負けの出来栄《できば》えに、驚愕する。

「あら、そんなに難しいものじゃないのよ。ただ文乃さんとキッチンに立ちたかったの。娘とお菓子作りなんて夢が叶ったわ」

実際のところ、私はお義母様の指示通りに皿に盛り付けるだけだ。お菓子を作ったわけではない。けれどうれしそうにしているお義母様の様子を見ていると、受け入れられていると実感できてほっとする。

本当にいいご両親なんだよね。無理に結婚したのだって本当なら不義理で怒られても仕方ないのに、こんなふうに歓迎してくれて。私は自分が幸せだと実感する。

「これ、先に運んでおいてもらえる？」

「はい」

お義母様に言われた私は、聡たちが待つ応接室にお菓子の乗ったトレイを運ぶ。手元からは芳醇《ほうじゅん》なバターの香りがして、早く食べたいと思いながら扉をノックしようとした。しかしわずかに扉が開いていて、そこからはお義父様の声がした。

「前も言ったが、早く既成事実を作れ。子どもだ、子ども。そうすれば会長も面倒を言わずにふたりを認めざるを得ないだろ」

「簡単に言うなよ。文乃は今仕事も楽しんでるんだから」

「それはかわいそうだが、そもそも認めてもらう努力もせずに押し切ったお前が悪いんだろ。認めてもらえば彼女はいくらだって仕事ができる」

「それは、そうだが」

聡は結婚を押し切ったことで、私に負担をかけていると思っている。だからこそお義父様の言葉に強く言い返せないのだろう。

私はお義父様と聡が以前からこういう話をしていたのを初めて知った。それと同時に今朝聡に聞かれた「赤ちゃん欲しい？」という質問がいわゆる既成事実を作るために聞かれたのだとしたら……複雑だ。

「あら、どうかした？　中に入らないの？」

背後からお義母様に声をかけられて、肩をビクッとさせた。立ち聞きしていた気まずさから顔をうつむけると、少しだけ開いていた扉が中から開いた。

「手がふさがってたのか？　気が付かなくてすまない」

声を聞いた聡がわざわざ立ち上がり、扉を開けてくれた。

「ありがとう」

しかしなんとなく、色々と胸に引っかかって落ち着かない。

「さぁ、お茶にしましょう」

お義母様の明るい声で、なんとか気持ちを持ち直した。そこから和《なご》やかなお茶の時間が始まった。

しかし私の中には、お義父様の言葉がずっと胸に引っかかっていた。

夕食までごちそうになり帰宅後、リビングでふたりくつろいでテレビを眺めていた。

神郷自動車のテレビＣＭが流れて「新しいＣＭかっこいいね」なんて話をしていたら、次いで流れたのが紙おむつのＣＭだった。紙おむつ一枚を身に着けた赤ちゃんたちがあちこちハイハイしている。最後は母親の腕に抱かれて、笑い声をあげた。

いつもならかわいいなと思うか、あまり気にも留めないCMだ。それなのに今日はなんだか見ていられなくて、目を背《そむ》けた。

「文乃、どうかした？」

そんな私の変化に、聡は敏感だった。しかし自分が違和感を持っているだけなので聡にどう伝えたらいいのかわからない。

「ううん、なんでもないよ」

「本当に？」

聡が私の両頬に手を添えて、目を逸らせないように自分の方に顔を向けさせる。

「ほんとだってば」

聡の目に見つめられると、何もかも見透《みす》かされそうだ。私は聡の手をふりきりその場に立ち上がった。

「私、疲れたから先にお風呂に入るね」

「それなら、一緒に。髪洗ってやるよ」

「いらない！　……あっ」

思ったよりも強い口調になってしまって、内心焦る。

「いや、今日は疲れたからひとりでゆっくりしたいなって。聡と入るとまだ恥ずかしいし緊張しちゃうから」

決して嘘はついていない。なんとか納得してくれただろうか。

「そうか、わかった。ゆっくり入っておいで」

聡はそれ以上は何も言わなかった。しかしじっとこちらを見ている。その視線から逃げるようにしてバスルームへ向かった。

湯船につかり大きな息を吐く。広いバスタブは背の高い聡でさえ十分足を伸ばせる大きさだ。顔を半分、湯の中につけてさっきの自分の態度を振り返って反省していた。

あんなに露骨に避けるなんて、やっぱり変に思うよね。

私としたくてそうしているわけじゃない。けれど気持ちの整理がうまくできずにあの態度になってしまったのだ。

そもそも引っかかっているのが、ふたりの結婚を認めてもらうために、既成事実として子どもを作ろうとすることだ。

私は子どもは両親の愛の結晶だと思っている。それを自分たちの目的達成のために利用するような形で望むのは、違うような気がしてならない。

どんな思惑《おもわく》であったとしても、聡もお義父様も子どもをかわいがってくれるのは間違いない。けれど私自身が納得できない。子どもはただ愛されるだけの素晴らしい存在であって欲しいのだ。

しかしそう考えているのは、私だけかもしれない。

言うべきか、言わざるべきか……。

悩みながら頭の先まで湯に浸かった。しかし答えが簡単に出るはずなどなかった。

風呂から上がった後、聡を待たずに先に寝室に向かう。いつもなら寝ないで待っているが、今日は彼を待たずにベッドに潜り込んだ。先に眠るつもりだった。眠れば胸の中に抱えているもやもやがましになると思ったからだ。

しかしいくら目を閉じても眠れない。いつもはベッドに入るとすぐに睡魔に襲われる私にしては珍しい。

何度か寝返りを打ったときに、寝室の扉が開いて聡が寝室に入ってきた。私はそのまま狸寝入りを決める。

聡は近くまで来て私の顔を覗き込む。それを頬に感じる吐息で理解した。実際は眠っていないので、ばれやしないかとドキドキする。

しかし聡はそのまま私の頬に優しく口づけをすると本当に小さな声で「おやすみ」とつぶやいた。

その優しい声に無性に胸が苦しくなる。

聡の気持ちを疑っているわけではない。むしろ嫌というほど愛されているのはわかっている。それなのにこんな気持ちを抱くのが、苦しいのだ。

胸の痛みが強くなっていく。そしてすぐ横に感じる聡の体温に我慢できなくなり、自ら寝返りをうつとそのまま聡に抱き着いた。

聡は何も言わないまま、抱きしめ返してきた。私の狸《たぬき》寝入りに最初から気が付いていたのかもしれない。どちらにしろ彼は温かい手でそっといつもと同じように私を包み込んだ。

……変な態度とってごめんね。

私は届くはずない謝罪の言葉を胸にして、ちゃんと話せるようになったら彼に気持ちを伝えようと決めた。

なかなか眠れなかったものの聡の胸に抱かれているうちに、いつの間にか眠りについていた。

朝を迎えていつも通りの時間に起きて朝食を用意する。彼は今日出社が遅い日だから、私は朝ご飯の用意だけして先に出社するのがいつものパターンだ。

キッチンに立ち、簡単なものを準備する。いつもはトーストにフルーツかヨーグルト、それに紅茶かコーヒーを気分で淹《い》れている。

いつも通り用意をしていると、寝室の扉が開いた。いつもならこんな時間には起きてこないのに、いったいどうしたのだろうか？

「おはよう」

「おはよう。眠い」

髪をかき上げながら、大きなあくびをしている。

「今日、早く行く日だったっけ？」

「いや、文乃と一緒にご飯食べようと思っただけ。俺のもあるよな？」

「うん、もちろん。すぐ準備するね」

「急がなくていい。俺はまだ十分時間があるから」

聡はタブレットを手にしながら、ダイニングの椅子に座る。私は急いで聡の分の朝食も用意するとふたりで手を合わせた。

せっかく一緒に食べるのだからと、急遽《きゅうきょ》作ったベーコンエッグは彼の好みの半熟にした。上手にできあがって満足だ。

「うまい。最高」

無心に食べる姿を見ながら、私も食事を始めた。彼と違ってゆっくりしていては遅刻する羽目になる。

いつもと変わらない朝。為替や天気の話をして食事をする。

そして私が手を合わせて席を立とうとした瞬間、コーヒーを飲み終えていた聡が口を開いた。

「俺、ちゃんと話を聞くから」

「――うん」

彼は彼なりに私に対して最大限気を遣っている。そう思うと早く自分の気持ちを整理したいという思いが強くなった。

とはいえ、そう簡単にはいかない。

仕事が始まれば忙しさから、考え事をしている余裕などない。しかしひとたび休憩に入ると思わずため息が漏れそうになったのを、必死になって留めた。

「十和田さん、ご飯一緒に行こう?」

昼休みが始まったにもかかわらず、座ったままだった私に南部さんが声をかけてきた。

「はい。ご一緒します」

ここで座っていても仕方がない。財布とスマートフォンが入った小さなバッグを手に南部さんのお勧めの店に向かった。スープカレーの専門店に到着した私たちは、席に着くなり本日のランチをオーダーした。

「それで何か悩んでるの？　仕事？」

「いえ、そうじゃないんです。仕事はまだまだできないことばかりですけど、楽しいですから」

「別のことか……嫌じゃなければ相談に乗るけど」

目の前にいる南部さんは、配属されてからの付き合いなのでそう期間が長いわけじゃない。けれど本当に頼りになる先輩だ。それは仕事面でだけではなく、生き方や考え方も尊敬できる。

ひとりで悩んでいてもらちが明かない。ここは自分よりも人生経験のある誰かの意見を聞くのも大切なのではないかと思えた。

「あの、友達の話なんですけど……」

「うんうん」

自分の話だと言えずに、友達の話だとごまかしたうえに話を濁す。南部さんには心の中で謝る。

「実はご両親から結婚を反対されているので、既成事実を作ればいいなんて言われたらしくて」

少し話を変えて相談する。

「なるほどね。子どもかぁ」

南部さんは先に運ばれてきたセットのマンゴーラッシーを飲みながら、目を伏せて考えているようだ。

「いいんじゃないの？」

「へ？」

あっさりと肯定する意見が出て驚いた。私の様子を見た南部さんが話を続ける。

「どういう形でも欲しいって思ってくれてるんだから、いいじゃない」

「それは、そうでしょうけど」

私はまだ納得できない。

「いらないって言われるよりましじゃない？　たしかに純粋な気持ちじゃないからって引っかかるのはわかるけど、両親が愛し合っていれば問題ないんじゃないの？」

ポロッと目からウロコが落ちたような気がした。

「たしかに、言われてみればそうですよね。周囲のどんな思惑があったとしてもそのふたりが望んだ赤ちゃんなら幸せになるでしょうね」

生まれてくる子を愛するその自信だけはあった。聡もおそらく同じだろう。

「それに、正攻法だけじゃ突破できない壁もあるから、赤ちゃんができるっていうおめでたいことで、それが取り払われるならいいんじゃないのかな？」

正攻法じゃ突破できない壁。まるで結婚を押し切った私たちのことを言われているようで少し目が泳いだ。

「綺麗事だけじゃね、どうにもならないしね、世の中」

南部さんが誰に言うでもなくそう口にしたと同時に、ふたりの前にチキンと野菜のスープカレーが運ばれてきた。おいしそうな匂いが食欲をそそる。

「さぁ、お友達思いなのはいいけど、あなたが悩んでもどうにもならないよ。まずはその夫婦がしっかり話し合って同じ方向を向いていないとね」

最後の言葉が胸に刺さる。たしかに最初に相談しなくてはいけない相手に話を切りだせずにいた。

「そうですね、友達にもそう伝えます」

本当は自分たちの悩みだと言えなくて胸が痛い。だがいつかちゃんと伝えられる日が来ると信じている。

「相談に乗っていただいてありがとうございました」

「いいのよ、かわいい後輩が悩んでるんだもの。このくらい当然よ。さぁ、しっかり食べて午後からもりもりもり働くわよ！」

「はい！」

南部さんのこの前向きなところに、今日も救われた。

しっかり食べて、しっかり働いて、そしてちゃんと考えよう。

その前に、あともうひとり意見を聞いてみたい人がいた。


私はその日の終業後、母に電話をかけた。税理士として忙しく働いているので、電話に出ないかもしれないと思っていたけれど、運よくすぐにつかまった。

「お母さん、今ちょっといい？」

『うん、ちょうど帰って来たところ。ご飯作るの面倒だわ。文乃は今日何作るの？』

「まだ決めてない、それよりも相談に乗って欲しいんだけど――」

私は週末の神郷家での話を母に相談した。黙って聞いていた母だったけれど、いきなり私に尋ねた。

『あなたから見て、今の私が不幸に見える？』

「え、全然。充実してるようだけど、何かあった？」

『何もないわ、幸せだもの。じゃあ文信は不幸かしら？』

「そんなふうには……見えないけれど」

少しシスコン気味ではあるけれど、彼女もいないけれど、仕事も安定しているし決して不幸には見えない。

『文乃はどう？　今、幸せかしら？』

「もちろん。色々あるけど幸せだよ」

悩みはあるけれど、好きな人と結婚して好きな仕事をしている。それだけでも十分幸せだ。

『じゃあ、それが答えよ。私は文信がお腹にやってきて籍を入れたの。当時は〝おめでた婚〟なんて言葉はなくて、あまり褒められたことじゃなかったわ。でも私たちはそれを選んだの』

父と母の結婚の経緯は知っていた。父の実家によく思われていなかったのも、承知している。ただ妊娠と入籍が逆だったとは、今初めて知った。

『子どもたちであるあなたたちが幸せだと言うなら、それがすべての結果よ。彼がこの世からいなくなっても生きてこられたのは、あなたたちのおかげよ。そう思うと、私は自分の都合で子どもを利用する悪い母親ね』

「お母さん！　そういうの、冗談でも言わないで」

私は思わず声を上げてしまった。母が大きな愛情をもって自分や兄を育ててくれたのは、誰よりも私が知っている。

『そういうことよ。だから文乃もあまり考えこまないで。それにね、欲しいと思ってすぐにできるわけじゃないのよ。だから自分のお腹に赤ちゃんがやってきてくれるって奇跡だしそういう運命なの。あれこれ頭で考えすぎるのはやめなさい』

ずっと背中を見てきた母の言葉だから、より心に響いた。

「ありがとう、お母さん。聡とちゃんと話をしてみる」

『頑張りなさい。あ、また聡君連れてこっちに寄りなさい。久しぶりにイケメンとご飯食べたいわ』

「もう、お母さんったら、わかった。ありがとう。またね」

母に勇気をもらった私は、すぐに聡に今日の帰宅時間の確認をした。

午後八時。そろそろ聡が帰って来るころだ。今日は早めに出社したおかげで彼もそう遅くならずに仕事を切り上げられたようだ。

昨日の態度を謝り、そして自分の気持ちを伝えるために、食事は聡の好きなものにした。

海老グラタンと、ガーリックトースト、それにミモザサラダ。定時に仕事を切り上げて急いで帰ったが、ここまでが限界だった。あとは彼お気に入りの海外のビールを出す予定にしている。

聡が帰る時間に合わせてグラタンをオーブンに入れた。そろそろ彼が帰宅するころだ。

オーブンの残り時間を確認していると、玄関のチャイムが鳴った。

私は在宅しているときはできるだけ彼を出迎えるようにしている。

扉を開けると、聡は仕事で若干疲れているように見えるが「ただいま」と笑顔だった。私もそれに応えるように笑みを浮かべる。

「おかえりなさい。もうすぐご飯できるよ」

「いい匂いがしてるな、早く食べたい。着替えてくる」

ここまでは、いつもと変わらなかった。ほっと一安心する。

聡は早速着替えてきて、ダイニングテーブルに座った。ちょうど出来上がったグラタンを聡の目の前に置いた。他のメニューはすでに並べてある。最後に冷蔵庫からビールを出し、グラスに注いだ。

「いつもありがとう。いただきます」

きちんと手を合わせた聡が、食事に手を付ける。

「うまい。俺、文乃の作るグラタンが一番好き」

大きな口でグラタンをほおばる聡を見ていて、ふと自分たちの間に男の子ができたらこんな感じなのだろうかと頭に浮かんだ。その光景があまりにも幸せで、自分の中でとっくに答えが出ているのだと気が付く。

ふたりとも食事を終えたころを見計らって、口を開いた。

「昨日からずっと態度がおかしくてごめんなさい」

頭を下げた後、顔を上げ聡を見ると彼はじっとこちらを見ていた。

「少し落ち着いたなら、話をして欲しいな。大丈夫そう？」

「うん」

私は聡に促されて自分の考えを話しはじめた。

あの日、お義父様と聡の会話を立ち聞きし、その内容にショックを受けたと伝えた。

「私たちの赤ちゃんが〝既成事実〟って言われると、なんだか自分たちを認めさせるために利用するみたいに思えちゃって」

「はぁ、あの話か……」

聡は眉間に皺を寄せ、後悔を顔ににじませた。しかしその後私を見て、今度は彼が頭を下げる。

「親父があんな話をしたのは、解決できていない俺のせいだ。不甲斐《ふがい》なくてすまない」

「聡、私そういうつもりじゃないの、聡を責めたいんじゃないの」

「だが文乃が傷ついているのに、結局なんの解決もしてやれない」

この神郷自動車の社内恋愛禁止というのは、明文化はされていないが、社内では誰もが知っていてこれを破ることをタブーとしている。

こっそり隠れて付き合っていても、結婚となればどちらかが退職をするのが慣例となっていた。

会長が定めた規則だが、それゆえ誰も深掘りしない状況がもう何年も続いていた。

個人的な付き合いに会社が口を出すなど、時代と合っていないと思っている人も多くいる。しかし誰もこれを正そうとしていなかった。それ自体かなり根深い問題だと思う。

だからこそ、創業者一族である聡に解決するようにと、社長であるお義父様は任せたのだ。彼もそれを理解している。

彼が何もしていないわけではないはずだ。ただまだ表に出せないだけで。

神郷自動車の会長である神郷卓氏は一線を退いたものの、神郷参りなどという言葉もあるほど、今も経済界への影響が大きい。

それに社長の弟である専務の猛氏も社内恋愛に対しては厳しい。やり方を間違えればこじれてしまう。

「聡が理解を得ずに入籍をしたことは後悔していないけれど、反省しているのを私は知ってるから、聡が謝る必要ないの。それに子どもが家族の絆《きずな》を強くするっていうのも間違いではないから」

「文乃……」

「うちの両親も結婚を反対されていたの、兄ができたから結婚を許されたみたいで。でも母は兄や私を大切に育ててくれたし、私たちも愛情を疑いはしなかった。結局は私たちふたりが『欲しい』と思っているかどうかが、何より一番大切なんだって気が付いたの」

私が言い終わると同時に、聡が席を立って私の背後に立つ。そしてそのまま抱きしめられた。

「文乃、色々考えさせてごめん。今回俺が無理やり話を聞き出したら、昨日のうちに解決できたかもしれない。だけどそれじゃ、俺たち成長しないだろう。だから待った。俺はいつも自分の意見だけで突き進んで、結果がよかったとしてもそれが正しいとは限らない。だから俺の意見に左右されない文乃の出す答えを知りたかったんだ」

聡は私の手を引いてリビングのソファまで移動すると、私を膝の上に向かい合う形で乗せた。互いの額をコツンとぶつけて至近距離で見つめ合う。

「聡がここ最近、朝も昼も、その……したがるから、お義父様に言われて既成事実を作りたかったのかな？　なんて疑っちゃった」

そもそも私が不安になったのは、それも原因だ。

聡は途端にばつの悪そうな顔をする。

「それは仕方ないだろ。文乃を毎日どんどん好きになって抱きたくて抱きたくてしょうがないんだから。自分でもこんなに日を置かずにしかも何回もだなんて驚いてる」

「な、何言ってるの?」

突然の告白に、私は瞬間的に耳まで赤くなったのを自覚した。

「それが事実なんだから仕方ないだろう。もちろん子どもは欲しいさ。でもそれよりも文乃に一日中でも触れていたいっていうのが俺の本音」

「んっ……」

すぐに柔らかい唇がかすめ取るようにキスをした。そして私をぎゅっと抱きしめる。

「いつか俺たちのところに、来てくれるといいな。赤ちゃん」

「うん、待ち遠しいね」

クリアしなくてはいけない問題が、自分たちには山積みだ。それは変わらないけれど、お互いの心の距離は間違いなく縮まった。こうやってひとつひとつ問題を解決していくのが、夫婦になるということなのだと、身をもって理解した。

「さぁ、文乃。そうとなったら、寝室にいこうか？」

「ん？　待って。だってまだ月曜なのに。明日も仕事なんだよ？」

「わかってる。でも欲しいんだ」

熱のこもったまなざしに、私の抵抗は簡単に溶かされた。

「わかったけど、ちゃんと寝かせてね」

「善処する」

聡は私をお姫様だっこし、そのまま寝室に向かった。

夫婦になって初めての新年を迎えた。

お正月は初詣にいき、両家に顔を出した。長期の休みだからどこかにでかけようかとも考えたが、家でゆっくりふたりで過ごした。穏やかな一年の始まりだった。

しかし仕事が始まるとのんびりなどとは言っていられない。

お互い忙しく過ごしている。特に聡は年が明けてすぐに大きなプロジェクトが動きだしたようで、連日帰りが遅かった。

そんな中、私はほろ酔い加減で駅から自宅に向かって歩いていた。

今日は、南部さんと彼女の同期の広報部の大間さんに、仕事終わりに飲みに誘われて行ってきた帰りだ。

冷たい風に吹かれて耳がジンジンする。マフラーをしっかり巻き直し、早くお風呂に入りたいと思いながら帰宅すると、部屋にあかりがついていた。

「ただいまあ。聡、いるの？」

特別連絡がなかったので、今日も帰宅が遅いものだと思っていた。

「遅かったな。楽しかったか？」

事前に今日は先輩と飲みに行くとメッセージを送っていた。

「聡が早く帰って来るなら、もっと早く切り上げたのに」

彼がいない部屋に帰って待つのも寂しいので、二次会と称したカラオケまで参加したのだ。

「せっかく楽しんでるのに、邪魔しちゃ悪いと思って」

「気を遣ってくれたんだ、ありがとう」

たしかに聡との時間も大切だけれど、他の人との交流で得られるものも多い。

「俺は今から、文乃を独占するから平気」

聡に手を引かれて、彼の膝の上に着地する。ぎゅっと抱きしめられたが慌てて離れようとじたばたする。

「私、ジンギスカン食べてお酒もけっこう飲んだから臭いよ」

「そうか？　普段と違う匂いに興奮する」

「変なセリフ言わないで」

「男は好きな子に対して、おかしくなるもんなんだ」

さも当たり前のように言われても、嫌なものは嫌だ。私は抱き着いてくる聡をなんとか引きはがしてまずは水を飲もうとグラスを持って冷蔵庫を開けペットボトルを取りだす。

「誰と飯に行ってたんだ？」

「南部さんと、大間さん」

グラスの水を飲み干しつつ、間に返事をする。

「大間って、あの広報部のか？」

「うん、おごってもらっちゃった」

南部さんと大間さんは同期の中でも仲が良く、よく一緒にいるところを見かける。今日も南部さんとふたりでいくはずだったのに、なぜか大間さんまで同席した。

「そうか、最近その名前よく出てくるな？」

「大間さん？」

聡の声が少し低くなったのは気のせいだろうか。

「南部さんと仲がいいらしくて、それで私にもよくしてくれているの。明るくて楽しい人だよ」

大間さんもまた神郷自動車を今後引っ張っていく人物のひとりとして、上層部の覚えもめでたい人物だ。おそらく社内では知らない人はいないだろう。

「〝よくしてくれる〟か。まあ、南部さんが一緒なら大丈夫だろうけど、文乃が他の男と仲良くしてるの嫌だな。誰が見てるかわからないから気を付けて」

「ただの先輩だよ？　気にしすぎだって。今度、聡も一緒に……って思ったけど、たぶんばれちゃうね」

「俺は大丈夫だとしても、文乃の態度でバレるだろうな。酒が入ると俺が好きって顔でこっち見てくるもんな」

年末の飲み会のときの話をされているのだ。分《ぶ》が悪いのでなんとかごまかしたい。

「そ、そんなの知らない。もう！　シャワー浴びてくる」

恥ずかしくなった私は、バスルームに逃げ込んだ。

その週末の金曜日。
聡の懸念《けねん》が的中する。私がその噂を知ったのは午後の仕事が始まる前に届いた岡野さんからのメッセージだった。
《十和田さん、広報部の大間さんと付き合ってるの？》
急いで送ったのがわかる、用件を伝えるためだけのメール。まどろっこしいやりとりがない分、彼女の聞きたい内容が何なのかすぐにわかる。
《付き合ってないよ。どうして？》
返事をするとすぐに既読マークがつき、返信があった。
《広報部で噂になってるよ。私が十和田さんと仲がいいのを知って先輩が確認してきたの》

岡野さんは大間さんと同じ広報部に所属している。そのせいか噂話がすぐに耳に入ったに違いない。

困ったなぁ。でもまあ、たかが噂だし、否定すればすぐに立ち消えになるだろう。

《本当に連絡先も知らないから、できれば否定してもらえると助かる》

私は岡野さんに答え、スマートフォンをデスクにしまい午後の仕事に取りかかった。

しかし私の楽観的な予想とは違い、夕方終業時刻を迎えるころには、私と大間さんの噂は広まっていた。

もちろん聡の耳にも入っているらしく、理由を聞くメッセージが送られてきたが私自身、どうしてそういう話になったのかわからず説明できない。

とりあえず、南部さんにどう対処するか相談しようと、会社の近くの個室のあるカフェに向かうことを伝えて、スマートフォンをバッグにしまった。

個室に入り席に着くなり、南部さんが私に頭を下げた。

「十和田さん、ごめんなさい。私が不注意だったわ」

「え、やめてください。顔を上げてください」

なぜ南部さんが謝らなくてはいけないのかと驚いた。

「いいえ、あの男。自分が目立つのわかってるはずなのに、軽率なのよ」

頭を抱えるようにしながら、大間さんに対する文句を言う姿に、ただの噂なのにどうしてそこまで大げさに言うのだという疑問が湧く。

いつもの南部さんなら「ばかな話だね～」って笑って済ましそうなのに。

「私がもっと気を付けるべきだったのに、ごめんね。とりあえず注文しよう」

南部さんに促されてメニューを開き、カフェモカを注文する。彼女の分のカフェラテと一緒に注文してくれた。

ふたりの前に注文したものがそれぞれ運ばれてきてから、疑問をぶつける。

「あの、大間さんとの噂ってそんなに広がってるんですか？」

「ええ、残念だけど」

聡が知っているならば、彼が働く海外事業部の人たちも知っている可能性がある。

そもそも他の部署と勤務時間が大幅に違う部署でさえ知れ渡っているのだから、噂の広がる速度はすさまじい。

しかし所詮《しょせん》噂だ。

しばらくの間気まずい思いをするだけだと思っていた。

「噂の出所を調べたの。そうしたらあのジンギスカンの日に、部署はわからないけど大間と十和田さんが一緒に駅に向かっていたのを目撃した人がいたらしいの。その上あいつしょっちゅう経理部にきておしゃべりしてるから誤解されたのね」

「そうなんですね……でも、噂はあくまで噂ですよね。そんなに気にする必要ないんじゃないかって」

人間社会に生きていればトラブルはつきものだ。事実無根《じじつむこん》の噂話が流れるなんてこともあるだろう。そんなに難しく考える必要はないはずだ。

「いや、それはそうじゃないのよ。こういう噂が出た場合上司からのおたずねが必ず入るの。そうするとやっぱり心証はよくないのよ」

「そうなんですか……まあ、もし付き合っていたとしてもみんな否定しますもんね」

社内恋愛を禁止されているのだ、最初から素直に認める人は少ないだろう。

「それに一緒に働いている同僚の中にもよく思わない人が出てくるわ。本当は社内に好きな人がいても禁止されているからとルールを守っている人から見れば、どう思われるかしら?」

「……嫌われても仕方ないですね」

私は本来の自分の立場を思い知る。相手は大間さんでなく聡だが結婚までしてしまっているのだから、それを知られたとき周囲はどう反応するだろうか。

南部さんも、黙っていた私を嫌いになるかもしれない。

覚悟を決めたつもりでも、こうやって時々弱い自分が顔を出す。思わず顔をうつむけていると、ドアをノックする音が聞こえた。ガラス越しにこちらに手を振っているのは大間さんだ。彼はこちらが返事する前に扉を開けて中に入って来た。

「来るなって言ったのに、なんで来たの？」

「だって、かわいい子がふたりでお茶してるなんて聞いて、いかないわけないじゃん」

南部さんは黙って大間さんを睨みつけた。

「悪い、でも俺の関係する話で問題になってるんだから、放っておけないだろ」

大間さんはそう言いながら中に入ってきた。

私はそのとき彼の背後にもうひとりいるのに気が付き、驚きで目を丸くした。

「さ……や、矢立君！」

思わずその場に立ち上がり、声を上げた。

「こいつ、店の前にいたから連れてきたんだけど。いいよな」

大間さんが南部さんと私の同意を求める。

「連れてきちゃったんだからどうしようもないじゃない」

南部さんは深いため息をついた。

「ごめんなさい。私がここで南部さんに相談するって言ったので、心配になって来てくれたんだと思います」

「ふーん、心配ねぇ」

大間さんが意味ありげに聡の方を見るが、彼はまったく気にしておらず、店のスタッフを呼んで注文をする。

「コーヒーひとつと、大間さんは？」

「俺、アイスティーとスフレチーズケーキね」

「なんでこんなときに、ケーキなんて！」

南部さんが睨んでも、大間さんはまったく気にもしていなかった。

なんて自由な人なんだろう。

追加の注文が来るまでの間、大間さんと南部さんがあれこれ言い合っているのを聞いていた。聡はそれを見ているだけで、一言も言葉を発しない。

変な噂たてられて怒ってるのかな。もしかしたらお義父様の耳に入るかもしれないし。そうなればきちんと説明しなくてはいけない。

そう思えば、たかが噂と言っていられないという気持ちになってきた。しかし南部さんや大間さんがいる手前、今すぐにその話はできない。

横にいる聡の様子を窺いながら、そもそも今日のこの場はどういう結果になれば終わるのかと思い始める。

私自身が今後どう立ち回ればいいのかアドバイスをもらうはずだったのに、聡と大間さんの登場でなんだか混乱してきた。

「それで海外事業部のエースの矢立君がどうしてこんなところに？」

大間さんが注文していたチーズケーキをほおばりながら、話を切りだした。

「〝ただの同期〟に構ってるほど、君は暇じゃないはずだけど」

何か含みのある言い方をしているのを、私でさえ感じた。それを聡がわからないわけないのに、表情はいつもと変わらない。

「お気遣いありがとうございます。でも時間は案外あるんですよ、それが許される仕事の仕方をしているので」

こちらもまた棘のある言い方をする。

いきなり部屋の中の雰囲気が悪くなって、どうしていいのかオロオロする。南部さんは男性ふたりを見て大きなため息をついた。

「ねぇ、マジでやめてくれない？　空気悪くするならふたりとも出ていって」

南部さんの言葉に大間さんは両手を合わせて、彼女の顔を覗き込んだ。

「ごめん、そんな怒らないで。かわいい顔が台無しだよ」

「ほんと、つまみだすわよ」

大間さんの軽口に、にこりともせずに睨みつけた南部さんを見て大間さんは今度こそ「ごめん」と小さくなった。

「それで、矢立君はどうしてここに来たの？」

「それは私が――」

私は慌てて、彼はここで先輩に相談すると言った自分を心配して来ただけで、それ以上でもそれ以下でもないと伝えようとした。しかしそれを聡が制止する。

「いいから」

「でも」

まだ引き下がろうとしない私を、聡の視線が黙らせた。口を閉じて心配しながらその場を見守る。

「自分の大切な人が、あなたたちおふたりの隠れ蓑《みの》のように都合よく扱われているのではと思い、呼ばれてもいないのにここに来ました」

そんな言い方したらバレちゃわない？

私の懸念通り、南部さんは目を見開いて驚き、大間さんはニヤニヤしている。彼の意図がいまいち理解できない私だけ聡の方を見て首をかしげた。

「隠れ蓑って何？」

「おふたりお付き合いされていますよね？　しかもかなり長い間」

「えっ！　嘘」

私は大きく開いた口元に手を当てて冷静になろうとする。

目の前にいるふたりは、大間さんは相変わらずニコニコしており、南部さんは頭を抱えている。

「あはは～ばれちゃった」

「はぁ、もう。今までうまくやってきたのに」

南部さんの言葉に、聡は頷いた。

「たしかに付き合っているのを隠そうとすると、普通は社内で距離を取ります。しかし大間さんのキャラクターもあり、ふたりは逆に堂々とし交際を隠した。実に素晴らしい作戦です」

「いやぁ、君に褒められると、なんだかめちゃくちゃうれしいよ」

大間さんは残りのチーズケーキをむしゃむしゃと食べきった。

「それに気づいたのは、どうして？　俺たちうまくやってたはずだけど」

「ただの勘です。まあ、他の人は気が付かないでしょうけれど、やり方が巧妙《こうみょう》ですから」

「ふーん、俺はてっきり矢立と十和田さんも同じ立場だから気が付いたのかと思ったのに」

大間さんの言葉に緊張が走る。軽く目が泳いでしまったのを南部さんはおそらく見逃さないだろう。

「付き合っているというのとは、少々違いますが」

「ここまできて隠すつもり？　ちょっとずるくない？」

大間さんがストローで紅茶を吸い上げながら、笑み交じりに非難する。

「いえ、隠してるわけじゃなく本当に付き合ってはいないので。夫婦なんでね」

「ふーん、夫婦ねぇ。なるほど」

大間さんは一度は理解したように頷いてから、一瞬止まった。隣にいる南部さんも目も口も大きく開いて唖然《あぜん》としている。

そりゃそうなるよね……。恋愛どころか結婚しているなんて。

「ちょっと待って、結婚って……夫と妻？」

大間さんが聡と私を順番に指さした。聡が頷いたので私も黙ったまま頷いた。

「待って待って、それは……いや、待って」

「待ってますよ。ずっと、理解が追いつくまで」

「いや、無理だわ。奈々恵バトンタッチ」

「いや、急にバトンタッチされても困る。とりあえず、飲んでもいい？　みんなもちょっと食べよう。話が長くなりそうだから」

私は目の前にあったメニューを南部さんに差し出す。

「俺たちはそう長居するつもりはないんですけど。妻が利用されたり誘惑されたりしてなければそれでいいので」

聡はしれっと帰りたいと告げる。

「おいおい、そんな簡単に俺たちから逃げられると思うなよ」

大間さんの言葉に南部さんも頷く。聡はというとそんなふたりを無視して私にメニューを渡してきた。

「とりあえず、何か頼もうか。先輩方がおごってくれるそうだし」

「おい、文乃ちゃんの分は出すが、お前のは出さないぞ」

「では、彼女の分もいりません。俺が出しますから」

しれっと言う聡を見て、南部さんはまたもや驚いた顔をして、口元を手で隠して私に顔を寄せた。

「彼ってこんなキャラクターだった？」

「え、どうですかね」

たしかに職場での品行方正《ひんこうほうせい》な聡しか知らない人たちからすれば、今目の前にいる彼に驚くかもしれない。私はなんて答えるべきなのか迷って、苦笑いでごまかした。

「はぁ、おそらく猫かぶってるとは思ってたけど、こんなやつとは。文乃ちゃん結婚後悔してない？」

「その文乃ちゃんって呼ぶのやめてもらっていいですか」

聡は相手が先輩にもかかわらず、不機嫌を隠そうともしない。

「だって、ふたりとも矢立なんだから、ややこしいだろ」

本当は矢立でもないんだけど、聡が神郷自動車の後継者だというのは勝手に話してはいけないので、今は黙っておくしかない。

「あの、今まで通り〝十和田さん〟でお願いできますか？」

私の申し出に、大間さんはちょっと残念そうに「わかったよ」と返事した。

「じゃあ、私が代わりに文乃ちゃんって呼ぶね。お互い大きな秘密を共有したんだから、ちょっと呼び方変えて親密度上げていこうよ。いやじゃなければだけど」

「いやなんかじゃないですよ、もちろんたくさん呼んでください。あの、私も奈々恵さんって呼んでもいいですか？」

「いいわよいいわよ、どんどん呼んで。あぁ、かわいい妹みたい」

「え！　私もちょっとお姉ちゃんみたいだなって思ってたんです。私口うるさい兄しかいないので、お姉さんがいる生活に憧れていたんですよね」

色々と秘密が露呈《ろてい》してしまったが、奈々恵さんとの距離が縮まり、聡以外に相談ができる相手ができてそれはそれでうれしかった。

その後は食事をしながら、お互いについて話をした。

「それで社内恋愛禁止なんかばからしいって思って、勢いで結婚したわけ？」

「若気《わかげ》の至りで？」

大間さんの言葉に奈々恵さんが続く。こう見てみるとふたりとも息がピッタリだ。

「もっとロマンチックな理由ですよ。一緒にいたかった。それだけです」

人前でさらっと言われてしまい、恥ずかしさから私は顔を真っ赤にした。

「あら、こっちがべた惚れって感じね」

奈々恵さんは少し酔ったのか、頬杖をつきながらちらっと聡の方を見ている。少し呆れているようだ。

「俺のわがままで結婚を押し切った。だからこそ社内でも堂々と付き合いたい。そう思ってます。おふたりもですよね？」

「今回俺たちに、自分たちの結婚を暴露したのってそれが目的？」

「目的って？」

私は大間さんの意図がわからずに尋ねる。

「矢立は、このくだらない社内恋愛禁止のルールの撤廃を希望している。ただ、ひとりでやるには困難が多い。それで、役に立ちそうな俺と奈々恵を巻き込もうとしている。違う？」

「巻き込む？　人聞きが悪いなぁ。お手伝いをお願いしたいだけです」

グラスワインを傾けながら、にっこりと大間さんと奈々恵さんに微笑んでみせる。自分に微笑まれたわけじゃないのに、それに見慣れているはずなのに、私の目が釘付けになる。

そうやって、いろんな人を巻き込んで仕事をしていくんだろうな。

それは奈々恵さんも同じ意見のようだ。

「はぁ、ずるい。そんな顔されてお願いされたら、手伝うしかないじゃん」

「南部さんに力になってもらえると、俺も心強いです」

「おい、奈々恵。騙されるな。こいつはかわいい顔してるけど、とんでもない食わせ物だぞ」

「素直じゃないんだから、俊樹だって彼に興味津々のくせに」

「それはそうだろ。こんなに目の前にいてわくわくする相手、なかなかいない。悔しいけどな」

大間さんも奈々恵さんも自分たちと一緒で、恋も仕事もあきらめたくないはずだ。そういう人が社内にもたくさんいるはず。誰かが先頭に立ちルールを変えるべく前例を作らなくてはならない。

その役目は、やはり聡以外考えられない。

そのとき聡が持っていたグラスをテーブルに置いて姿勢を正した。

さっきまでとは態度を改めた聡に、大間さんも顔つきを変える。

「大間さん、これから先、生意気を言うこともあると思います。ダメな案ならダメと言ってください。あなたの力を貸してください」

聡がゆっくりと頭を下げた。

「わかった。これまであんなルールに何も言わずに従ってきたのは、俺も同じだ。だからここで変えたいと思っている。こちらこそ、協力させてくれ」

大間さんの表情はいつもみたいなへらへらとした笑顔でなく、これから先に期待し、楽しみにしている笑みだった。

「南部さんは、ずうずうしいんですが文乃のフォローをお願いします。きっと俺に言えない悩みもたくさんあるだろうから」

「それは、言われなくてもするつもりよ。私も相談事、山ほどあるし」

ちらっと大間さんの方を見つつ頷いた。

私はその様子をじっと黙ったまま見ていた。

聡がこんなふうに頭を下げるなんて……。

彼のいいところでもあり見直すべきでもあるところは、そのプライドの高さだ。実力が伴うのでこれまでは問題なかったが、よく思わない人がいるのも事実。丁寧だけれど人におもねるような人ではないと思っていた。

しかし彼は今日こうやって自分の目の前で頭を下げている。

その姿がとても眩しく見えた。

彼は変わっている。何事も強引に進めても、結果がついてくればそれでいいと考えていたときとは違う。周りに理解を得ながら最善の方法を探している。

はぁ、やっぱり私の旦那様は最高にかっこいい。

私は頭を下げる彼の顔を見ながら、もう一度聡に恋をしていた。

結局私と大間さんが付き合っているのでは？　という噂話だが、大間さんが「俺が愛してるのは奈々恵だけだよ」と経理部で真実をさも嘘のように宣言したせいか、なんとなくなかったことになった。それも大間さんの人柄ゆえだろう。

今回はことなきを得たものの、噂の怖さを思い知った。皆の理解をえられるようになるまではこれまで以上に慎重に、行動に気を付けなければと気を引き締めた。


入社して十一ヵ月。このごろの聡は多忙を極めていた。

実力があればどんな仕事でも任せてもらえるのが、この神郷自動車だ。その中で聡の扱いは別格だった。

入社前の起業とその実績。言語は英語、中国語、フランス語、ドイツ語を使いこなし、留学経験から各国の慣習などにも知識がある。

それを踏まえ常にどうすれば顧客を満足させ利益を生み、会社が公益に貢献できるかまでを見事にプレゼンテーションしてみせる。

入社一年未満で彼の提案した欧米向けの巨大プロジェクトが動きはじめている。それに加え昨年から続いているプロジェクトメンバーを兼任して、世界中を飛び回るような仕事をしていた。

私たち夫婦のコミュニケーションはこの三週間、電話とメッセージのやりとりだけだった。

「ドイツは夜中でしょ？　今から寝るの？」

早朝、仕事に行く前の時間に聡から連絡があった。私は出勤の準備の手を止めて聡との会話に夢中になる。

『いや、今からちょっと資料作ってそれが終わってから寝る。まあ三時間は眠れるだろう』

「三時間？　大丈夫なの？　ご飯食べてる？」

話を聞いていると向こうでも激務をこなしているようで、心配でたまらない。

『大丈夫だ。でもそろそろ文乃を抱きしめて眠りたい』

「聡……私も会いたいよ」

思いが通じ合ってから、こんなに長く離れていたのは初めてだ。仕事なんだからと言い聞かせていても寂しさは募っていく。

『あぁ。仕事頑張れ。愛してる』

「私も」

最後はいつも同じセリフで電話を終わらせる。

聡からの電話で元気が出た私は、お義母様に紹介してもらった講座で習ったマナーを復習する。

聡に見られながらするのは、ちょっと恥ずかしいもんね。

鏡を見ながら自分の姿勢を確認する。挨拶の種類や方法、笑みの浮かべ方などこれまで生きてきた世界ではあまり必要とされていなかったことを学んだ。

聡は焦って学ぶ必要はないと言っているが、彼が自分たちを認めてもらうために頑張っている姿を見て、自分も彼のいる世界にいて浮かないように、なじめるような努力をしようと思ったのだ。

待っているだけは、私らしくない。

自分も努力しながら、彼を待ちたい。


そして気が付けば、入社して一年が経過していた。各部署に新入社員が研修で訪れ、あれからもう一年経ったのかと、時の流れの速さに感慨深くなる……暇などなく、仕事の範囲が広がり毎日あたふたしながら充実した日々を送っていた。

二年目になり一年目にやっていなかった仕事の補助を本格的にするようになった。

奈々恵さんの丁寧な指導のおかげで、ある程度の仕事は任されるようになった。もちろんまだ未熟者なので最終的には奈々恵さんにチェックをしてもらっている。

その日は有給休暇を取っている社員の代わりの仕事を引き受けていたので、私はいつもよりも遅い時間まで職場に残っていた。

奈々恵さんの「手伝おうか?」と言う申し出を断った。今日は大間さんとデートのはずだ。ふたりも忙しくてデートの時間が限られている。残っている仕事もさほど多くないので、申し出を丁重に断り残りの作業に没頭した。

仕上がった仕事を確認して時計を見るとすでに二十一時になっていた。聡も今日はアメリカ支社とのWEB会議があると言っていたので帰りは遅い。夕食の用意をしなくていいのは気楽だけれど、あまり遅くなると心配をかけるので、片付けをしてそろそろ帰るつもりだった。

そのとき経理部にひとりの男性が駆け込んできた。

たしか海外事業部で、聡と同じリコールに対応するプロジェクトに参加している人だ。名前はたしか、三沢《みさわ》さんだったはず。

「あ、よかった。ここの数字わかる?」

「え、あの」

キョロキョロと周りを見回したが、今日に限って誰も残っていない。

「君、そういえば海外事業部の会議に出ていたよね？　この北米のリコールの予算についてなんだけど。為替の数字の根拠を知りたいんだ」

たしかに奈々恵さんの補佐に入っていたので、まったく知らないというわけではない。資料作りの補助もした。書類を覗くとそれは経理部ではなく営業部が作成した資料だ。そのもとになったデータが経理部からのものだったらしい。

「急ぎの仕事なんだ。営業のやつも帰ってるから、数字だけ教えてもらったらこちらで資料は作るから」

必死になって詰め寄ってくる。

「でも私じゃ責任がとれないので――」

「責任は俺がとるから、大丈夫。少しデータを確認するだけだから」

データ自体は全社員に見せても差し支えのないものだ。これだという見当もついている。

「おそらくこれだと思うんですが、自信がないんです」

「いいから、見せて」

「あっ」

私の前からノートパソコンを奪い取るようにして、三沢さんは画面を覗き込む。

「あ、これこれ」

「あの、でも……」

「いや、助かったよ。この数字ね。これならうちの部署からでも確認できるから」

彼は相当焦っている様子ですぐに出ていこうとする。

「あの、本当にそのデータで合っていますか？　先輩に電話で確認してみます」

奈々恵さんには何かあれば連絡して構わないと言われている。申し訳ないが助けてもらおう。

しかし三沢さんは、受話器を持つ私の手を止めた。

「俺がいいって言ってるんだ。それよりも間に合わなかったら責任が取れるのか？」

「そんな……」

きつく睨まれてそれ以上何も言えなくなってしまった。

「わからないやつは黙っていればいいんだよ」

冷たく言い放たれた私は固まってしまい、彼が不機嫌なまま出ていくのを見ているしかできなかった。

あそこまで言われたら仕方ない。少なくとも就職して二年目の私が、自分の仕事以外で先輩に意見できるような状況ではない。

私はため息をつきながら、帰宅準備をして会社を出た。

その日聡の帰宅は私が眠った後だった。遅い帰宅の聡は翌朝も私が出勤するときにはまだ眠っていた。朝ご飯だけ用意をして私は仕事に向かった。

昨日の疲れが抜けないまま、仕事に取りかかる。最初はあくびを噛み殺しながらしていた仕事だったが、時間が経てば周りが気にならない程、集中していた。

あわただしい時間を過ごしているうちに、私は昨日の出来事をすっかり忘れてしまっていた。

出来上がった資料は奈々恵さんにチェックをお願いする。ふとそのときになってようやく昨日の出来事を思い出した。

「あの、ちょっと伺ってもいいですか？」

「ん、どこかわからなかった？」

「いいえ、この件ではなく実は昨日——」

成り行きを奈々恵さんに話し、昨日海外事業部の三沢さんが参考にするといった資料が正しいものかどうか確認する。

「海外事業のリコール対応の件だよね。えーっと、待って。これじゃない」

「えっ！」

私は自分の顔が青ざめていくのがわかった。

「でも、それで合ってるって三沢さんが言っていたのに」

「違うの、これは古いデータで、参照するべきものは別のデータなのよ」

「どうしよう、私……」

「文乃ちゃんが悪いわけじゃないわ、ちょっと待ってね。会議は――あ～もう始まってるみたいね」

会議室使用一覧を確認すると、すでに該当の会議は開始されていた。早い時刻から始める会議だから、彼も急いだのだろう。

「どうしよう……」

不確実なデータを提供してしまったと、私は深い罪悪感を覚えた。

「仕方ないわよ、向こうがいいって言えばそれ以上はできないでしょう。そもそも会議前日の夜の時点で資料ができていないなんて向こうのミスじゃない」

奈々恵さんのフォローの言葉も、なかなか胸に響かない。

今回の件で、大きな支障《ししょう》が出たらどうしようかと思い悩む。しかもこれは聡がリーダーをしている案件だ。

彼が日々努力して仕事をしているのを一番知っているはずの自分が、間接的だとしても足を引っ張ってしまい胸が苦しくなる。

「ほら、そんなに落ち込まない。今乗り込んでいくわけにはいかないから、後で一緒に話をしに行こう」

「……はい」

肩を落とした私は、その後なかなか集中できないまま、会議が終わるのを今か今かと、そわそわしながら待った。

会議の終了予定時刻が過ぎたころ、奈々恵さんが海外事業部に連絡を入れ、ふたりでその場に向かう。

会議はすでに終了しており、何人かが中から出てきていた。会議室に入ると三沢さんがちょうど机から立ち上がったところだった。

「経理部の南部です。三沢さん、昨日こちらに問い合わせいただいた件で、お話があるのですが」

奈々恵さんの後ろに立つ私の顔を見て、なんの話かすぐにわかったようだ。

「え、問題なく会議終わったけど、何？　俺、忙しいんだけどな」

タブレットを手に持つと、歩きだそうとする。

「本当に問題ありませんでしたか？　昨日あなたが参考にしたデータ、最新のものではないはずですが」

奈々恵さんは、気を遣って周囲にあまり聞こえないように小声で彼に確認した。

「はぁ？　なんだって！」

しかし彼は驚いたのか声を上げ、奈々恵さんの後ろに控えていた私に視線を向ける。

「俺はその子に確認したんだ。どうしてくれるんだ」

「えっ……そんな、私が念のため確認をとるって言ったら、その必要はないって三沢さんがおっしゃったじゃないですか」

まさか責任を押し付けられるとは思っていなかった私は、驚いたと同時に怒りが胸に渦巻く。

「念のためだろ？　君がデータを呼び出したんだから、責任は君にある」

まさかの暴論にどう対処していいのかわからない。

「三沢さん、その言い訳は通用しないわよ。そもそもそのデータが古いと気付かないというのは担当者失格じゃないの？　とにかくその資料見せてください」

あまりの言い方に、奈々恵さんが間に入った。仕事のできる彼女の言葉に三沢さんはばつが悪そうにしながらタブレットで該当資料を呼び出した。

奈々恵さんは画面にすばやく目を走らせて、確認する。

「おかしいわね」

「どうかしたんですか？」

「これ、全部正しい数字だわ。どうしてかしら？」

三沢さんの慌てた様子から、彼が正しいデータを参照できた可能性は低い。ならばなぜ……。

「それなら俺が、昨日のうちに直しておきましたよ」

いきなり現れたのは、聡だった。

「矢立が？」

三沢さんが露骨に嫌そうな顔をした。

「はい。会議の前にすべての資料に目を通すのは常識ですから。三沢さんの資料だけ昨日深夜までアップされていなかったので心配しました。たまたま気が付いたので直しておきました。誰でも気が付くはずの、目立つ間違いなのでね」

あえて三沢さんを刺激するような言い方に、ハラハラする。

「そ、それは他にも大きなプロジェクトと重なっていて――」

「そうでしょう、そうでしょう。三沢さんともあろう人が、ミスを後輩に押し付けるなんてしないはずです。絶対」

「あ、当たり前だろう。資料には問題がなかったんだからな、俺は行くから」

三沢さんは奈々恵さんの手の中にあったタブレットを強引に取り上げて会議室を出ていった。

私はあっけにとられてその背中をじっと見ていた。

「すみません、そちらにご迷惑がかかったようで」

「あ、いいのよ。別に」

奈々恵さんは三沢さんの態度に呆れている。

「もともと、三沢さん俺がリーダーになったのが気に入らなかったみたいで。仕事が雑なんですよ」

「でもよく気が付いたわね。簡単そうに言っていたけど、そんなすぐに見つけられるような間違いじゃないはずよ」

たしかにそうだ。かなり注意深くチェックしないとわからない。

「たまたまですよ。南部さん、十和田さん、わざわざ来ていただきありがとうございました」

「どういたしまして。こちらもほっとしたわ。ね、文乃ちゃん」

「はい」

ことなきを得て安心した。

「じゃあ、行こう。矢立君も戻るでしょ？」

歩きだした奈々恵さんについていく。

「いや、俺はここの片付けしてから行くんで」

会議室の片付けは、アシスタントや事務補助の社員の仕事だ。本来ならプロジェクトリーダーはしない仕事だ。

「矢立君が？　今日暇なの？」

奈々恵さんの言葉に、聡は苦笑いする。

「そういうわけじゃないけど、俺も一応新人なんで。こういうところで点数稼いでおかないとね。では」

聡は言い残すと、率先して片付けを始めた。その背中を見て、こんな努力もしているのかと胸が熱くなる。

「じゃあ、帰りましょうか。仕事が山積みだわ」

「はい」

本当は手伝いたいが、私には私の仕事がある。しかしどうしようもなく聡に気持ちを伝えたくて、スマートフォンからお礼のメッセージを送った。

その返信が《昼休み、五階の資料室で待つ》という短いものだった。


そしてその日の昼休み。

少し午前の仕事が押した私は、急いで聡のもとに向かっていた。

この時間あまり人気のないこのフロア。早足で一目散に資料室に向かう。この一年間、社内で聡と会うときは決まってここを利用していた。

扉を開けて中に入ると、奥のところからあかりが漏れていた。聡だろうとは思うけれど万一違うといけないので、ゆっくりと近付く。

コツコツとヒールの音を響かせ、聡がいるであろう場所を覗き込んだ瞬間、背後から誰かに抱きしめられた。

「きゃあああ」

「しー！　俺だって俺。静かに」

悲鳴を上げた私の口を聡が押さえる。声の主がわかってほっとした。聡が手を私の口元からはずすと、しっかり抗議する。

「もう、心臓が飛び出るかと思った」

「悪い。文乃が全然気が付いてないから。ちょっと驚かせようと思ったんだ。ごめん、ほら」

聡が両手を広げて、目でおいでと言う。

私は一歩近づいて彼の胸に顔をうずめた。優しく抱きしめられると、それだけで幸せを感じる。彼の胸は私にとって本当に特別な場所だ。

「聡、さっきはありがとう」

「いや、文乃は悪くないだろ。本当なら、ミスは三沢さんが正すべきだと思うけど、旧データにアクセスした人の中に文乃の名前を見つけて嫌な予感がしたんだ。修正しておいてよかった。まあ、三沢さんあんな人だからもともと信用してないしな」

「でも、私がちゃんと把握しておけば何も問題にならなかったのに。結果的に聡の仕事を増やしちゃった」

一秒でも早く帰って、体を休めて欲しいといつも思っている。しかし間接的に足を引っ張ってしまった。

「俺だってすべての仕事を把握してるわけじゃない。だから文乃は悪くない。ただ世間にはいろんな人がいるから、これも勉強だな」

「うん、ありがとう」

腕の中で見上げると、微笑んだ彼と目が合った。

「ピンチを救った俺に、キスのお礼は？」

「もう……ここ、社内だよ」

「あぁ、でもふたりっきりだ」

言いだしたら聞かないのが聡だ。

私は少し背伸びして彼の唇にそっと自分の唇をつけた。すぐにかかとをつけて彼から距離を取る。

「それだけ？　感謝が足りないんじゃないか？」

不満そうな彼を見て、思わず笑みがこぼれる。

「そんなにお礼を催促《さいそく》する人、初めてだよ」

「いいから、ほら」

今度は聡が自ら、私に口づける。私がしたキスの何倍も濃厚なキスに、頭がクラクラする。

「ン……もう、無理」

ぐっと胸を押すとやっと離れた。

「このくらいじゃ足りないけど、我慢するか。サンドイッチ買ってあるから一緒に食おう」

「うん、ありがとう」

すぐに切り替えられる聡がうらやましい。私は体がふわふわして現実にまだ戻れていない。

誰かが持ち込んだ事務椅子にふたりで並んで座った。サンドイッチと一緒に準備されていたオレンジジュースを一口飲むとやっと落ち着いた。

「これ、文乃の好きなトマトがたっぷりのやつ」

「ありがとう」

聡に手渡されたサンドイッチをほおばる。フレッシュなトマトとハムのサンドイッチにからしマヨネーズがよく合う。

「おいしい」

「だろ？」

社内ではただの同期の私たちなので、こうやってふたりっきりでランチをとる機会はまずない。だから今日のこの時間は私にとって特別だ。

「ルールを破っていて、不謹慎《ふきんしん》だと思うけど」

「ん？」

聡が私の顔を見つめる。

「やっぱり社内恋愛っていいね。禁止なんておかしいよ」

「そうだな。必ず撤廃させるからもう少し待っていてくれ」

「うん。私もなんの力もないけど、聡を一番応援してるからね」

「あぁ。それで十分だ」

食事を終えた聡が、私の左手をぎゅっと握り締めた。その手の温かさと強さに私はこれからもずっと心を奪われ続けるのだろう。


そして五月末、少し早い梅雨入りが宣言された日。

その日は私にとって、とても大切な一日だった。

私は今、神郷家御用達《ごようたし》の老舗《しにせ》ホテルの一室でさっきから何度も深呼吸をしていた。

「ねぇ、私変じゃない？」

「ん？　かわいいよ、いつも通り」

聡に尋ねると、軽く返事がきた後チュと唇をかすめ取られた。

「もう、真剣に聞いてるのに」

「俺だって真剣に答えてるさ」

お互い見つめ合って笑い合う。それで少し緊張がとけた。

今日は神郷自動車の会長、聡の祖父の喜寿《きじゅ》の祝いがこのホテルで行われる。会には親戚筋や取引先も多数訪れるので、私は会の終わりごろに紹介される手はずになっていた。

とうとうこの日が来たんだ。

周囲がどんな反応を示すかわからない。けれどこれ以上隠しておくべきではないと聡と話し合い、今日会長と会う場を設けてもらう予定になっていた。

「じゃあ、俺先に行くから」

「うん」

今日の聡はいつにもましてかっこいい。ブラックの少し光沢のあるスーツは華やかで首元には私が贈ったネクタイがしてある。少し華やかさが欠けるのでは？　と言ったが構わないと言って、いつの間にか同じような柄のポケットチーフを調達してきて合わせていた。髪もオールバックにしており、整った顔がはっきりと見える。カフスボタンを留めながら扉に向かって歩く姿に、なんだか寂しさを覚えた。

「聡、待って」

背後から抱き着くと、彼は少し驚いたようだったがすぐに体をくるりと回転させて抱きしめてくれた。

「緊張してるのか？」

「うん」

不安を隠しきれない私は、聡に回した手に力を込めた。

「そうだよな。悪いな面倒な家で」

私は言葉に出さずに首を左右に振った。

「いいタイミングで迎えに来るから、それまでは部屋で待っていて」

「うん、いってらっしゃい」

なんとなく心細い思いを拭えないまま、聡を見送った。


それから二時間半後。

部屋にチャイムの音が響く。聡だと思い扉を開けるとそこには、お義母様が立っていた。祝いの席らしく華やかな着物を身に着けたお義母様はあでやかで美しく、年齢不詳だ。

しかしその美しい顔は、曇っていた。

「文乃さん、実は会長には今日は会えなくなってしまったの」

「え、そうなんですか？」

緊張はしていたが、準備を整えて待ってもいたのでがっかりした。

「そうなの、待たせたのにごめんなさいね」

「いいえ、ご事情がおありのようですね。あの、聡さんは？」

知らせに来たのが聡でなかったのを、不思議に思う。

「聡はちょっと、取引先への挨拶とかでこちらに来られないのよ。帰りも何時になるかわからないから、先に家に戻ってるといいわ」

いつ終わるのか、どんな内容の会なのか知らない私は、素直にお義母様の言う通りにした。

「お義母様、わざわざ知らせに来てくださってありがとうございます」

「いいえ、次はちゃんとした席を設けますから、今日はごめんなさいね」

本当に申し訳ないと言うお義母様に、そこまで謝らなくてもと、違和感を覚えながらも私は「大丈夫です」と答えて見送った。

その後、私は荷物を持って部屋を出た。

エレベーターに乗り込み、聡にメッセージを送ろうとスマートフォンを取り出した。

そのとき、途中の階で扉が開き、人が乗ってきたので奥に詰める。

「スカイラウンジのあのふたり、あれは間違いなく見合いだな」

「そうだな、神郷の会長と西つばき銀行の頭取《とうどり》、昔から仲がいいもんな。孫同士を結婚させるつもりなんだろうな」

――ゴトン
私の手から、スマートフォンが滑《すべ》り落ちる。話をしていた人たちが振り返ったのを見て慌てて拾い上げた。

小さな声で話をしていたが、狭い箱の中。私の耳に彼らの会話が届いていた。

神郷の会長の孫って、聡だよね？

彼以外に該当する人物はいない。となれば、見合いをしているのは聡だ。

そのときふと、お義母様が不自然なほど謝罪をしていた姿を思い出した。

もしかしてこのことがあったから、私を家に帰すの？

考えごとをしながら一度一階に降り、もう一度エレベーターに乗り込み最上階にあるスカイラウンジに向かった。

エレベーターを降りて一番奥の部屋がスカイラウンジになっている。震える足でそちらに向かって歩く。

あんなふうに言っていたけれどそれは、あの人たちの勘違いかもしれない。

そんな期待はラウンジの前に到着したときに、打ち砕かれた。

奥の方の席に聡と会長の後ろ姿が見える。その前には会長と同じくらいの年齢の男性と、晴れ着姿の女性が座っていた。女性は遠目から見ても美しいのがわかる。カップを持ち上げる仕草さえも優雅だ。

その様相はどこからどう見ても、見合いそのものだ。商談には見えない。しかもその相手の女性の顔に見覚えがある。

「え、待って。あれって岡野さんっ？」

どうして彼女がここに？

その場に固まって動けなくなる。血の気が引いていき指先が冷えてきて感覚がなくなってくる。

聡と岡野さんを残して、会長と同じく高齢の男性が立ち上がり話をしながらこちらに歩いてきた。

通路をあけるべく私は壁の方へ向いた。通過したそのときにふたりの楽しそうな声が聞こえる。

「孫娘が、ずっと聡君との見合いを楽しみにしていたんだ。夢が叶ってうれしそうだ」

「麻梨さんだったな。かわいらしいお孫さんだ。うちの嫁になる日が待ち遠しいよ」

そんな会話をしながらうれしそうに立ち去っていく、ふたりの声が頭の中でガンガン響く。

聡、今岡野さんとお見合いしてるんだ。

心の中で言葉にして、胸がひどく痛んだ。ひどい話だと思う反面、まだ結婚を公《おおやけ》にできないから今私は何もできない。

そのとき腹痛を覚えてトイレに向かう。個室に入り大きなため息をついた。

はぁ。今月もまた生理がきちゃった。

それは妊娠をしていないという証拠。色々と重なってその場でポタポタ涙を流す。

最初は既成事実に赤ちゃんをと言われて傷ついていたのに、今は彼を繋ぎとめるために妊娠していれば良かったと思っている。そんな自分に嫌気がさす。

私にはなんにもない。それに岡野さん、聡を前から知っていたんだ。だってずっとお見合い楽しみにしていたって……。

そんな話聞いていないと思う反面、私も自分のプライベートについて彼女には話をしてない。だから言えた義理なんてないのだ。

ルールを破って結婚している自分のほうが、罪は重い。

考えれば考えるほど、胸が痛くなってきた。

しばらくの間、私は個室から出られずにその場で涙を流した。

＊　＊　＊

ホテルの部屋に戻った俺は、文乃が部屋にいないことに気が付き彼女に電話をした。

しかし呼び出し音はするけれど、反応がない。

「いったい、どこに行った？」

予想外の出来事に疲れ切っていて、ネクタイを緩めながらソファに身を預けた。

「くっそ。なんで岡野があんなところに……」

祖父に連れられた先にいた同期の姿に驚いた。そしてそれが見合いであると知り憤りを覚えた。

見合い後、祖父に岡野が神郷自動車の社員だから結婚はできないと告げると、彼女は最初から俺との結婚が決まれば辞めるつもりだったと聞いた。

いくらコネとはいえそんな中途半端な気持ちで就職したのかと、彼女の考えにもそれに賛同した会社にも不信感が募る。

しかしそもそも自分もはたから見れば、創業者一族のコネ入社。しかも他の社員には許されていない社員との婚姻関係を結んでいる。

自らも清廉潔白《せいれんけっぱく》ではなく、強く出られない。

ジレンマに大きなため息をつく。

それよりも文乃を探さないと。

本来なら今ごろ彼女を祖父に紹介している予定だった。しかしそれは祖父が仕組んだ見合いによって実現しなかった。

喜寿の祝いの席には取引先の企業が多く出席している手前、無碍《むげ》に断れずに話を合わせるしかなかったのだ。もしあの場で騒ぎ立てたら、あっという間に尾びれ背びれがついて見合いの話が一瞬にして参加者の間に広がるだろう。

しかも相手が同期で文乃とも仲が良い相手だと知り、どう手を打つべきかは慎重にならざるを得ない。

もっと早くに文乃のとのことをきちんとしていれば、こんな面倒にならずに済んだのにと、今となっては後悔しかない。

手元のスマートフォンが着信を告げた。文乃だと思いディスプレイを確認したが相手は母親だった。

「もしもし」

『聡、文乃さん近くにいる？』

「いや、ホテルの部屋にいないから探していたところだ」

『あら自宅に戻ったほうがいいって言ったんだけど。心配ね。気になったから電話したの』

「自宅か……母さんが会ったとき、何か言ってたか？」

帰宅しているなら問題ないが、それならなぜメッセージのひとつもないのか、そこが引っかかる。

『いいえ、残念そうにしていたけれど、それ以外は特に気になるようなことはなかったわ』

母は文乃をとても気に入っている。もし少しでも変なところがあれば目ざとく見つけているに違いない。

「見合いについては、話してないよな？」

『ええ、あなたが自分で話をするからって言ってたじゃない。お義父様への報告早めにしなさいね。これ以上ややこしいのは困るわ』

「わかった。今週すべて解決するつもりだ」

今週金曜日、神郷自動車では入社七年以内の若手社員による新規事業のプレゼンテーション大会が行われる。毎年優秀な若手社員が参加するがもちろん俺も最終選考に残っている。

個人でもグループでも参加可能で、俺は大間さんとともにそのプレゼンに立つ予定だ。そこでこれまでやってきた成果がやっと形になる。事前に祖父に文乃を紹介しておく予定だったがその予定が変更になったからといって、自分の計画に支障はないと思っていた。

「とにかく、俺も家に戻る。またな」

『あ、ちょっと……』

まだ何か話したそうにしていたけれど、俺はさっさと電話を切った。自宅に戻ろうとジャケットを羽織った瞬間、部屋のチャイムが鳴る。

文乃かと思いスコープから廊下を覗くと、そこには岡野の姿があった。

どうしてここに？

頭をフル回転させているうちに、彼女はもう一度呼び鈴を押して、その後扉をどんどんと叩きはじめた。

このままではホテル側に迷惑がかかる。そう思い扉を開けたが、決して彼女を中に入れないように自らが外に出た。

「どうかしたのか？」

なるべく冷たくならないように、しかし親身にならないようにふるまう。彼女がこの見合いに前向きなのは態度でわかった。

しかしこちらとしてはそれを受け入れるつもりがないので、変に期待させないようにするしかない。

「お互いまいったよな。あの爺さんたちの暴走には」

自分にはその気がないのだと、やんわりと伝えた。

しかし岡野には理解できなかったようだ。いや、しなかったというのが正しいのか。

「そんなふうに言わないで欲しいの。私はあなたとお見合いできるのをずっと楽しみにしていたんだから」

彼女が媚《こび》を売るような目でこちらを見ている。その様子を見て完全に意見が対立したのだと理解する。

俺としては、このまま同期でいたかった。文乃の良い理解者であって欲しかった。

いや、もしかしたら俺と文乃の距離が近いことに気が付いて、入社後彼女に近付いたのではないか。

そう思うとそれまで同期だと思っていた相手に敵意さえ感じた。

「俺は君を受け入れるつもりはない。同期以上には見られない。それにうちは社内恋愛禁止だ」

きっぱりとそう告げた。すでにルールを破っている社内恋愛禁止まで持ち出した。

しかし相手はそれを想定していたかのように、微笑む。

「私が会社を辞めれば問題ないわ。そもそも〝矢立君〟と知り合いたくて入社したの。働きたくて入社したわけじゃないし」

その言葉を聞いて聡は、怒りが込み上げてくるのを感じた。

文乃は神郷自動車が好きで、どうしても働きたくて真剣に就職活動に取り組んだ。内定が出たときも、入社のときも目を輝かせて本当にうれしそうにしていた。

今だって、仕事と俺との結婚の間で、答えが出せずに真剣に悩んでいる。

自分の守るべきものを好きでいてくれる相手と、それを自分の欲しいものを手に入れるための手段として使う相手と。どちらが好ましいかは考えるまでもない。

怒りさえ覚えたが、相手は取引銀行の創業者一族の孫。それに同期だ。なんとか波風をたてずに収めたい。

「悪いが――」

はっきりと断ろうとした瞬間、岡野がいきなり抱き着いてきた。不意打ちに対処できずに相手を受け止める。

「おい、離れろ」

「断らないで、私どうしても矢立君と結婚したい」

必死になって引きはがす。勢い余って相手がよろめいたがそれに手を差し出すのさえ嫌だった。

自分が邪険《じゃけん》に扱われた事実に、最初こそは悲しそうな顔をしていたものの、すぐに笑みを浮かべた。その変化に恐ろしさを覚える。

「そんなひどい態度とるんだ。ふーん。まあいいけど、仲良しの同期に相談しよう、婚約者が冷たいって」

彼女の言う仲良しの同期が誰を指しているかは明らかだった。しかしここで何か言うわけにはいかない。彼女がどこまで自分と文乃の関係を知っているのかわからないからだ。

「勝手にしろ」

俺はこれ以上話はないと、岡野を置いて部屋に戻りすぐに荷物を持って立ち去った。何か言いたそうな彼女をその場に残して。

それよりも、文乃を探さないと。俺はホテルを出ると急いで自宅に向かった。

ところがだ、文乃がいるはずの部屋には誰もいない。そもそも帰宅した形跡さえなかった。

急いで思い当たるところに連絡しようとした瞬間、スマートフォンが鳴った。

文乃！

慌てて通話ボタンを押すと、無言のままだ。

「文乃？」

雑踏《ざっとう》の中にいるのか、車が走る音が聞こえる。横断歩道の音響信号が聞こえる。

「文乃、今どこにいるんだ？」

しばらく返事を待つが、なかなか返事がない。いてもたってもいられずに俺は部屋を飛びだした。エレベーターに乗り一階に到着するのを今か今かと待ちながら、電話に向かって「文乃」と何度も呼びかける。電話の向こうから聞こえる音をひとつも聞き逃さないように、神経をとがらせた。

『聡……』

間もなく一階に到着するというところで、文乃の声が初めて聞こえた。

「文乃、どこにいる？　大丈夫なのか？」

『うん、あのね。私、聡の傍にいていいのかな？』

突然わけのわからない質問をされ、驚いた。

「当たり前だろう。俺の隣以外どこにいくつもりだ？」

その問いかけに答えず彼女は黙り込んだままだ。

そのときまたカッコウの鳴き声の音響信号が聞こえた。さっきからずっと同じだ。

彼女は一か所にとどまっているようだ。

もしかして……。

聡はマンションを走って出ると、タクシーに飛び乗った。

「文乃、何があった？　どうして外にいるんだ？」

いつの間にか降りだしていた雨が、車の窓ガラスを濡らす。外にいる彼女は濡れているんじゃないかと、心配しながら話しかける。

『私が、神郷自動車に就職しなかったら、会長にすぐに結婚を認めてもらえたのに、仕事も聡も欲しがってごめんなさい』

「何を謝っているんだ。俺が文乃と結婚したいと思ったし、一緒に働きたいと思ったんだ。文乃が謝ることじゃない」

話をしていると、すぐに目的地に到着した。雨脚がどんどん強くなっていくが街灯の下に傘を差した女性がひとりただ立っている姿が目に入る。

文乃……見つけた！

彼女は予想通り、ふたりが初めて出会った場所にいた。あのときと同じように雨が降っていた。

タクシーを飛び降りると、ちょうど信号が青に変わる。渡り切ったところに彼女がいる。水しぶきを上げながら駆け寄ると、彼女が振り向いた。

「さ、聡……」

驚いたように目を見開く。そんな文乃を俺は思い切り抱きしめた。

「どうしてこんなところにひとりでいるんだ。心配しただろう？」

文乃を思い切り抱きしめた。彼女の冷え切った体に、胸が痛くなる。

「私、行くところがなくて。聡の奥さんなのに今日の会も出られないし――」

「それは、全部俺が悪い」

「あんなお見合い見ちゃうと、私なんで今日ホテルにいるんだろうって思えてきちゃって」

話をしている文乃の目から大粒の涙が流れた。

「知ってたんだな。見合い」

「うん、偶然耳にして。ラウンジまで見に行った」

時間がなかったとはいえ、見合いだとわかった時点で話をしなかった自分の完全なるミスだ。

「それで、家に帰りたくなくて実家に行ったら、お兄ちゃんが『ちゃんと話をするべきだ。お前の帰る場所はここじゃない』って追い出されちゃって、気が付いたらここに来てた」

あの少々シスコン気味の文乃の兄が、追い返したと聞いて驚いた。

「文乃、つらい思いをさせてごめん。全部俺が悪い」

「私考えたの、聡の気持ちを疑ってるんじゃなくて、自分に自信がないの。こんな私が一緒にいていいのかっ……あっ！」

真剣に話をしていたのに、急に文乃が大声を上げた。その瞬間に通り過ぎた車が水たまりの泥水を跳ねた。

――バシャ。

それを文乃がいつかのように、傘でガードする。

そうだ初めて会ったときも、こうやって俺を守ってくれた。きっとあの瞬間から彼女を好きだったに違いない。

「ごめん、話の途中に」

今回も体が勝手に動いたみたいで、本人も驚いている。さっきまでの緊張した雰囲気が緩む。

「やっぱり、文乃しかいないよ。こんな俺を守ってくれるのは」

「守る？　私が？」

俺は文乃の手から傘を取ると、彼女が濡れないように掲《かか》げる。

「無意識に正しい行動がとれる人が、傍にいるだけで安心できるんだ。いつか俺が道を踏み外しそうになっても傍にいてくれれば、正しい道を選べる。だから誰も文乃の代わりにはならない」

彼女の目を見つめ、自分の気持ちを伝えた。

「でも、私なんてどこにでもいる――」

人差し指を唇に当てると、彼女は黙った。

「ここにしかいないだろ。俺の文乃は。ほら、帰ろう」

「いいの？」

「いいも悪いも、俺が文乃がいないとダメなんだ。だから頼む」

俺の言葉に、文乃は一度は引いていた涙をまたあふれさせながら何度も頷いた。

ゴーゴーとドライヤーの音が耳に響く。聡の優しい手が私の髪を乾かしている。

雨に濡れてしまい、シャワーを済ませた私を、聡はかいがいしく世話している。

手にはホットミルクまで持たせて。

黙ったまま、今日を振り返る。

＊＊＊

失意のままホテルを飛び出した私は、そのままふたりで暮らす部屋に戻るのを躊《ちゅう》躇《ちょ》した。それで実家に顔を出したのだが……。

「早く帰って話し合ってこい。逃げるな」

兄がそう言って私を追い返したのだ。あの、シスコン気味の兄が。

それには母も驚いていた。いつもなら「帰らなくていい、一生ここにいろ」と言いそうなものなのに。

まずは落ち着けと言わんばかりに母がコーヒーを淹れた。それを飲み少し心を落ち着けた。

「今帰ったとしても、ちゃんとした話し合いができるなんて思えないよ」

どうしようもないことで混乱していて、相手を責める言葉しか出てきそうにない。

「それでもだ。ちゃんとした話し合いをする必要なんてないだろ。ちゃんと気持ちをぶつければいいんじゃないのか？」

兄は驚いている私を見て言葉を続けた。

「最初はどこの馬の骨かわからないし、素性を隠して結婚するなんてもってのほかだし、俺よりかっこいいし気に入らないことだらけだったさ。それでもあいつが文乃に向ける表情を見てるとこいつ以外は妹を幸せにできないだろうなって思った。だから嫌だけど、本当に嫌だけど、帰ってあいつと話をしなさい」

私の目に涙が浮かぶ。結婚に際しあまりいい顔せず、しぶしぶ認めてもらったと思っていた。けれど兄は兄なりに聡を認めてくれていたのだ。

それまで静かに聞いていた母が口を開く。

「文信が珍しくいい話をしているわ。夫婦の間でかっこつけてもいいことなんてひとつもないの。泣きながら気持ちをぶつけるほうが何倍も理解が深まるわ」

「お母さん……私、自信がない。彼の妻であることも、神郷家の嫁であることも」

素直に気持ちを吐きだした。これまでは一生懸命やればどうにかなっていた。しかし社会人になって結婚もして、自分に限界を感じる場面が増えた。

不甲斐なくてぽろぽろ涙が流れる。

「みんなそんなものよ。だからひとりじゃないの。みんながいるのよ。それに聡君だっていつも自信満々なわけじゃないはず。それをあなたがわかって寄り添わなくてどうするの？」

ふと聡が大間さんに頭を下げた光景が頭に浮かんだ。あのときの彼の姿を見て、胸をときめかせた。かっこいいから、自信に満ちているから彼が好きなんじゃない。彼だからどんな彼でも好きなんだと思う。

聡も同じ気持ち……？

「わかったなら、あいつが心配する前に帰れ。こっちにまで押しかけてきそうで迷惑だ。ひとりで無理だって言うなら、送ってやるから」

最後はやっぱり過保護のシスコンが発動する。

ずっとうっとうしいなんて思っていてごめんなさい。

「ううん、自分でちゃんと気持ちを整理しながら戻る」

これ以上は心配かけられない。

玄関を出ると、ぽつぽつと雨が降りだした。中から母が傘を持って出てくる。

「これ、持っていきなさい」

「うん、ありがとう」

傘を広げると、すぐにパラパラと雫が付いた。

「文乃、今日は戻るように言ったけど、何かあったらいつでも帰ってきていいんだからね。文信も私も天国のお父さんも、ずっと文乃の味方だからね」

その言葉に止まっていた涙がまたにじむ。

「うん、ありがとう。行くね」

泣いてしまう前に実家を離れた。泣き顔を見せると母が心配するからだ。

聡の家族ともいつかこんなふうに、何があっても受け入れられるようになるのだろうか。そのために、今ちゃんと向き合わなくちゃならない。

私は雨の中気持ちを整理して歩いていて、気が付くと神郷自動車本社前の歩行者信号のところに来ていた。初めて聡と出会った場所だ。

バッグからおもむろにスマートフォンを取り出すと、気が付けば聡にコールしていた。向こうから彼の声が聞こえた瞬間に、まだ何を話すのか考えていなかったと、気が付く。

電話の聡の声は、私を心配していた。まだ見捨てられていないのだと思うと少しほっとした。そもそも聡がそんな人じゃないのは私自身が一番理解しているはずなのに、それすら考えが及ばないほど傷ついていた。

ほとんど何も話さない、ただ向こうから声が聞こえるだけ。

傘を差したまま、初めてここで会った聡を思い出していた。すると目の前に一台のタクシーが止まる。そこから降りてきた人物を見て思わず息を止めた。

なんで……？　場所なんて教えていないのに。もしかして色々と思い出していたから幻でも見たのかと目を瞬《またた》かせる。

タクシーから降りてきた聡は、一目散に私のもとへ駆け寄ってそして抱きしめた。

腕の中に抱きしめられた瞬間に、胸が痛いほど高鳴った。それと同時に、心の底からほっとした。やっとやっとわかったのだ。ここしか帰る場所がないのだと。


「もう少し乾かすか？」

聡の声で我に返る。

「えっ、ううん。もう十分だよ。ありがとう」

「このくらいさせてくれ。詫びにもならない」

聡はドライヤーを置くと私を背後から抱きしめた。

「いつもつらい思いをさせてごめん。あの場で見合い自体を断れなかったなら、せめて事前に俺の口から説明しておくべきだった。しかも相手が岡野だなんて」

「そうだね。でも逃げたのは私だから。もっとちゃんと向き合うべきだった。私、もっと強くなりたい」

「こっち向いて」

聡が私の肩を持ち自分の方に振り向かせた。

「岡野にはちゃんと断ったから。未熟でごめん。もっとうまくやれると思ってたけど、文乃に関しては感情が先走って、失敗ばかりだな」

「そんなことないよ。聡が頑張ってくれているのに、私が全然成長できていなくてごめんなさい」

同期会のときも、周囲の言葉に影響されて不安になった。あのときから何も変わっていない自分にがっかりする。

「謝らなくていい。週末のプレゼンで結果が出れば俺の取り組んできたものが形になりはじめる。そしたら少しずつ変わっていくはずだから」

ふたり額を合わせて見つめ合う。

「俺たち、これからも色々あると思う。それが夫婦だと思うから。だから少しずつでいいからふたりで前に進もう」

「うん、ねぇ」

「なんだ？」

「聡、好きだよ」

今一番、彼に伝えたい思いを口にする。

「もちろん、俺もだよ」

聡の唇が額に触れ、その後強く抱きしめられた。

私もそれに応えるように、強く彼を抱きしめ返した。


その翌日。私は岡野さんに相談があるとメッセージをもらっていた。しかしその相談内容はおそらく聡との見合いの話だ。わかっていて呼び出しに応じるべきか悩む。

昼休みに送られてきたメッセージに、返事ができないまま定時を迎えた。

スマートフォンの画面を眺めどうするか迷っていると、その本人が現れたのだ。

昨日のあのラウンジでの光景が頭によぎる。昨日の今日で、聡とはちゃんと話をして納得したつもりだったが、まだ気持ちがざわつく。

「返事もらえないから、直接来ちゃった」

にっこりと無邪気に笑う岡野さん。それはそうだろう。私と聡が結婚しているのをきっと知らないのだから。だからなおさら、彼女の相談を受けたくないし、かといって突き放すこともできない。

「ごめんね、午後から忙しくて」

苦笑いを浮かべて、歯切れの悪い受け答えしかできない。

「いいの気にしないで、もう終わったでしょ。行こう」

「でも……仕事まだ残っていて」

戸惑《とまど》っている私に、岡野さんはますます笑みを深めた。

「そうなんだ。じゃあ、お茶はやめて社内で話をしよう。ちょっとだけ話聞いてくれるだけでいいから」

いつも以上に強引な彼女に、とうとう折れてしまい一緒に席を立った。

その様子を奈々恵さんが仕事をするふりをしながら、気にしているのがわかったので「ちょっといってきます」とだけ伝えた。

岡野さんが私を連れてきたのは、五階にある会議室用の給湯室だ。会議のない定時後は人がほとんど来ない、内緒話をするにはちょうどいい場所だ。

今もフロア自体には私たち以外人はいなかった。

「無理言ってごめんね、でもどうしても十和田さんに相談したいの」

「そう、なんだ……」

内容の予想はついているのに、知らないふりをした。それだけでも欺《あざむ》いている気持ちになる。

「ねぇ、いつまでとぼけるつもりなの？」

「な、なんのこと？」

それまでにこやかに笑っていた岡野さんだったが、笑みを浮かべているもののその中に黒いものが混じる。

「矢立君から聞いてるんでしょう？　私と彼がお見合いしたって話」

「……どうしてそう思うの？」

ここで肯定するべきか否定するべきか悩む。しかし相手はその選択肢を与えてくれなかった。

「私、知ってるんだ。あなたたちふたりが付き合っているの。矢立君の家で一緒に暮らしているでしょう？」

そこまで知っているんだ。

「やだ、そんな驚いた顔しないで。私がこの会社に入社したのは少しでも彼の近くにいたいからだもの。お爺様から話を聞いて絶対この人と結婚するんだって決めてたの」

「決めてたって……」

自分が決めたから、なんでもその通りになるわけではない。しかし今彼女にそれを言っても理解を得られるとは思わなかった。

目の前にいる彼女はこれまで知っていた岡野麻梨という人物とは違って見えた。これまでの柔らかい表情は消えて、鋭い視線をこちらに向けてくる。

「同期として彼の近くにいて、彼の周りから女の子遠ざけようとしたの。せっかく大間さんとの噂を流したのに全然効果がなくてすごく残念だった」

「嘘でしょう？　まさかそんな」

「嘘じゃないわよ。虚偽の噂を流すことくらい悪いと思っていないもの」

彼女はそう言って微笑んだが、冷酷な笑みに背筋が冷える。

それに聡は昨日の時点で、本人はもちろんお相手の家にも断りを入れていると聞いた。それなのに彼女はまだなぜ、聡の話をしているのだろうか。

「ここまで言ったらわかるわよね？」

「何が？」

「やだ、十和田さん頭がいいって思ってたのにそうでもないのね。さっさと矢立君と別れて欲しいの」

彼女がここまで知っているなら、下手に隠すほうが悪いほうへ進む。私は覚悟を決めた。

「それは……私と彼、ふたりの話なのでふたりで決めます」

それまでうつむきがちだった視線を上に向けて、まっすぐに岡野さんを見た。

たしかに昨日聡がお見合いをしているのを見てショックだった。何もない自分がみじめに思えた。けれど聡がそんな私がいいと言ったのだ。誰よりも信じたい彼の言葉を信じる。今までにない強い気持ちが心の中に芽生えていた。

「うちの実家と神郷の家は古くからの付き合いなの。仕事上も大きなメリットがあるわ。それにあなたよりも私のほうが彼をよく知ってる。どれだけ調べたと思ってるの？」

岡野さんは私に何か差し出した。それは数枚の写真だった。私はそれを受け取る。

「えっ……これって」

驚きで思わず写真を落としそうになって慌てた。

「よく撮れてるでしょ？」

写真に写っていたのは聡だ。私と一緒に写っている写真も何枚かあった。どれも隠し撮りされたもののようだ。

「こ、これは許されることじゃないよ」

「ふふふ、ばれなきゃ平気よ。私の本気具合をわかってくれた？　たとえバレたとしてもお爺様は私に甘いからどうとでもしてくれるわ。そう、どうとでもね……」

黒い笑みがますます深まる。激情をまとわせる姿に身震いした。

しかし下手に逃げたくない。

「そうやって、周囲の手を借りて、犯罪まがいの行為までして聡を手に入れてうまくいくわけないよ。私は聡が私をいらないって言うまで絶対にあきらめないから。岡野さん冷静に――」

「聡？」

彼女の瞳が強く光る。その表情を見て自分のミスに気が付いた。

「私の前でわざとそんな呼び方するなんて、どういうつもりなの？」

彼女の手が伸びてきて私を突き飛ばす。転びそうになる瞬間廊下から誰かの走る足音が聞こえた。

「あっ」

　体がよろけて転びそうになる。そのとき背後に気配を感じた。後ろを見ると聡が私をしっかりと支えていた。

「そこまでだ」

「聡！」

　岡野さんは突然現れた彼の姿に目を大きく開いて驚いている。

　しかしすぐにいつもの同期の顔になり、にっこりと毒気のない笑顔を見せる。

「矢立君どうしてここに？　午後から外回りでその後は接待のはずでしょ？」

「その通りだが、どうしてお前が俺のスケジュールを知ってるんだ」

「それは――」

　写真のこともある。彼女が常に聡の動きを把握している可能性は高い。そして彼が会社にいないのを知って私を呼び出したようだ。その用意周到《ようい しゅうとう》さに彼女の聡に向ける強い執着を感じた。

　さすがに本人を目の前にして、事実は告げられない。目を泳がせてなんとかごまかそうとする。

「大間さんが言ってるのを聞いたの。あ、今度ふたりでプレゼンするんでしょ？　どんな感じの――」

「話を逸らすな」

「あっ」

聡は一歩岡野さんに詰め寄ると、彼女が隠そうとしていた写真を取り上げる。

「なんだこれ」

そこに写っている自分の姿を見て、聡は顔をしかめた。隠し撮りされていたのだ、無理もないだろう。

「何って、あなたの写真よ。別に構わないでしょうこれくらい」

「いいわけないだろう、これは立派な犯罪だ。どうしてこんなことをした。文乃は君も助けただろう。同期として仲良くやってたんじゃないのか？」

「そんなの全部、矢立君に近付くためじゃない。目障りだけど使えそうだから仲良くしてたの」

「そんな……」

いつも前向きな私もさすがにこれはショックだった。言葉が続かない。

「私のほうが先に好きになったのに、後から来て仲良くなるなんてずるい。社内恋愛禁止なのにこそこそ付き合って、みんなを騙しているんでしょ？」

最後の言葉が胸に突き刺さる。しかしこう非難されるのはわかっていたし、覚悟はできている。

「それはこいつだけが悪いんじゃない。俺が――」

「聡、私が自分で言うから」

私は自身をかばおうとした聡を止めた。

きっと彼女からすれば、彼が私をかばえばかばうほど、気持ちが乱されるに違いない。ここは私自身が毅然《きぜん》と対応しなくてはいけない。

「嘘をついていたのは謝ります。ごめんなさい。でも私はやっぱり彼と一緒にいたい。どんな処分でも受けるつもりです」

神郷自動車で働くのが好きだ。今の経理部での仕事は失敗もあるが楽しい。ずっと憧れていた会社で働けてうれしいが、でも何であっても聡の代わりにはならない。昨日心からそう思った。逃げたくない。

「岡野さん、君とは結婚できない。申し訳ない」

聡は言い訳をせずに、簡潔に事実を伝えた。

「そんな、どうして十和田さんなの？」

それまで強気だった岡野さんの声が弱弱しくなる。

「それは君だって知っているだろう。自分よりも他人を優先する彼女だから、好きにならずにはいられなかったんだ」

聡の言葉を聞いて岡野さんは涙をこぼした。

「う……わああああああ」

岡野さんが顔を覆い声を上げて泣きはじめた。

私は何もできずに、黙ってその傍に立ちつくすことしかできない。

彼女は涙を拭いながら、自らの気持ちを吐露《とろ》する。

「き、昨日、祖父から見合いを断られたと聞いて、悔しくて。どうしようもない気持ちをどうにかしたくて」

ボロボロ泣く彼女は、涙を拭いながらなんとか言葉を続けた。

「さっきは突き飛ばしてごめんなさい。それにこれまでのことも申し訳ありませんでした」

彼女は頭を下げ謝ると、給湯室を走って出ていった。

「あっ、待って――」

呼び止めようとした私を、聡が首を振って止める。

たしかに今彼女をここにとどまらせても、なんて言葉をかけたらいいのかわからない。自分が彼女の立場なら、早くひとりになりたいはずだ。

　給湯室に聡とふたりきりになって、私は気持ちを落ち着けるように大きな息を吐いた。

「はぁ。岡野さん大丈夫かな？」

「おい、こんなときまで相手を気にするなよ。俺は文乃のほうが心配だ。ケガとかしてないか？　南部さんが様子がおかしいからって教えてくれたんだ。何かあったら連絡欲しいって言っておいてよかった」

「奈々恵さんに、そんなことお願いしていたの？　私は平気だよ。でもやっぱりちょっと悲しいかな。仲がいい同期だと思っていたから」

　入社試験のときから知っている同期だ。それが実はずっと嫌われていたのだと思うとやるせない。

「たしかに、彼女が文乃に近付いたのは思惑があってのことだと思う。でもきっとそれだけじゃなかったんじゃないか。ある瞬間は文乃といて楽しいって思ってたんじゃないか」

「そう……かな」

「そうじゃなければ、俺がさっさと見破って文乃から遠ざけていたさ。だからそんなに悲しい顔しなくていい」

「うん」

聡の言葉は、私を慰めるためのものだったのかもしれない。

しかしそうであって欲しいと、身勝手だと思いつつそう願った。

第五章　秘密が秘密じゃなくなるとき

喜寿祝いのパーティのあった日の週末。毎年恒例、若手社員による社内プレゼンが行われる。入社七年以内の社員が対象だが実際は四年目以降の社員が多い。聡のように二年目から最終選考に残るのは異例だ。

しかもこのプランの手伝いを、社内でも優秀だと評判の大間さんがやっている。将来の神郷自動車を背負っていくふたりがタッグを組んだということで周囲の期待も高まっていた。

各部署から数名が、このプレゼンの見学を許された。私と奈々恵さんはもちろん手を挙げて、無事に会場で彼らのプレゼンを見学することが許された。会場には少し離れた場所に広報部の岡野さんもいた。

一瞬目が合うが、彼女はそのまま前を向いた。

仲良くしていたころには笑みを向けられていたので、その差にやっぱり胸がチクッと小さく痛んだ。

でも仕方ない。自分たちがルールを破っている以上、我慢すべき痛みだ。

くじで引いた順番は三組中最終。

ぎりぎりまで打ち合わせをする組が多い中、大間さんと聡は他のグループの発表を後ろの席で見ている。

「はぁ、ドキドキする」

「そうね。実は私、話の内容が全然頭に入ってこないの」

「奇遇《きぐう》ですね。私もです」

プレゼンをする聡と大間さんは余裕で何か話をしているのに、見ているだけの私と奈々恵さんは気が気じゃなかった。

そしてとうとう、聡と大間さんの番になった。

まずは聡が登壇《とうだん》した。いつも一番近くで見ているはずの私でさえ、今日の彼は特別に見えた。

自信にあふれ、たたずむその姿は、会場のすべての人たちを惹きつける。今から彼が何を語るのか興味をもって注目している。

見ている私の緊張も最高潮だ。プロジェクターに画像が映し出されて、彼が口を開く前のほんの一瞬だけこちらへ視線を向けて小さく微笑んだ。

おそらく聡の中では、緊張よりもこれから自分の描く未来を見せられると、わくわくしているに違いない。

家で仕事の話をしているときも、本当に楽しそうにしているもの。

彼自身最初は実家の家業を継ぐのは、仕方ないと思いつつもどこか反発する気持ちがあったと言っていた。少なくともマイナスの感情を持っていた。

しかし今、登壇している彼は今後、この会社を担《にな》う気概《きがい》にあふれている。

まだ一年しか経っていないが、それだけ彼の心の中の変化が大きかったのだと思う。

「会社を発展させていくうえで、大切なものは数えきれないほどあります。その中でも大きな役割を占める『人材について』わたし、海外事業部矢立と——」

そこまでで区切ると、次は大間さんがマイクを取った。

「広報部、大間からご提案いたします」

その後ふたりが呼吸を合わせた後、スクリーンに映し出されたのは【学生人材育成財団プロジェクト】。

他の二組が、新しい市場へのアプローチや新エネルギーの開発などだったせいか、学生対象の事業が提案されて会場内はしばしざわついた。

「皆さんは、日本の学生の留学の割合が世界の水準から考えて低いことについていかがお考えでしょうか？　世界を見て知ることは大切だというのは共通の事実ですが、そのチャンスが今の日本の学生にどのくらいあるでしょうか」

聡が話を始めた途端、周囲が静かになった。

「私は恵まれた環境に育ち、ハイスクール時代からアメリカで学生生活を送りました。しかし同じ規模の国々に比べ日本人の学生の少なさに驚きました。たしかに国内での教育が行き届いているという結果かもしれません。しかし資金が確保できずにあきらめている学生が多くいるのもまた事実です」

聡に代わり大間さんがマイクを取る。

「これがわが神郷自動車の財団が行っている現在のプログラムです。どれも公益性の高いものではありますが、学生の育成を対象にしたプログラムは国内の学生に向けた奨学金のみで、わが社に入社すれば返済義務の発生しないものになっています」

私はそもそもその取り組みさえも知らなかった。しかし会社にとって人材は何よりも大切だ。そこに目をつけたふたりをすごいと思う。

「しかしご覧の通り国内の学生に向けた支援に限られており、在学中の留学はケアしていないのが現状です」

「それで十分じゃないか。うちは就職してからでも留学はできる」

役員のひとりが声を上げる。

「たしかに学生には手を差し伸べていますが、本当に十分だと言えますか？　社内の海外留学プログラムも大変有意義なものですが、すでにうちの社員として学ぶ形になります。そうではなく学生時代のみずみずしい感性で世界を見たがっている学生を応援したいと考え、ここに新たな基金の設立を提案いたします」

会場がまたざわついた。

「簡単に言うが、資金はどうするんだ？　今ある財団のプログラムのひとつとして加えるだけでもいいんじゃないのか？」

社員の質問に、聡が答える。

「それでは既存のものと何ら変わりません。今回の基金での留学支援プログラムでは資金返還はわが社に就業するしないにかかわらず全学生不要とします」

「ばかばかしい。夢物語だ」

専務の神郷猛氏の言葉に聡と大間さんは焦らず笑みを浮かべた。

「この財団は神郷自動車だけではなく、世界各国の企業や資産家に参加を呼びかけて設立する予定です。こちらをご覧ください」

プロジェクターには、私でも知っている多くの世界規模の企業や個人資産家が名を連ねていた。そこには聡が作った会社の名前もある。

「これは私の呼びかけに応じてくださった会社の一部です。学生時代にできた繋がりがほとんどですが、こういったビジネスシーンでやりとりできるのはやはり長い時間一緒に議論を交わし語り合った仲間だからなのです」

聡に次いで大間さんが声を上げる。

「世界では当たり前のこういった財団を通じての活動が、日本ではあまり活発ではありません。しかし世界の人たちはボランティアやチャリティ活動を大切にしており、その場でのロビー活動が仕事に反映されます。日本はあまりにもそれが下手すぎる。矢立君のように早いうちから世界を渡り歩くであろうビジネスマンとのコネクションを持つ人材を確保できれば、将来のわが社の発展に重要になってきます。こちらをご覧ください」

プロジェクターには、今聡が関わっている案件についての資料が映しだされていた。

「これは昨年まで難航していたイギリス企業との案件ですが、彼が携《たずさ》わるようになってスムーズに問題が解決されました。それは彼が過ごしたアメリカ時代に培《つちか》った人脈と、イギリス国内の企業についての知識が生かされたからです」

「そんなものは、こちらでいくらでも調べられる」

周囲が納得しはじめたが、専務である猛氏は納得しないようだ。

「わたしがチームに加わるまで散々調べたようですが、進まなかった理由はなんでしょうか」

聡の言葉に、専務はむっとして口をつぐんだ。

「しかし留学資金の返還不要というのは、いかがなものかな。会社にリターンがないかもしれない学生に多大な学費を援助するのはどうだろう」

社長である勝氏がついに口を開いた。

「そういう可能性もあるでしょう。しかしわが社に就職しなかったとしても、おそらく仕事をする上で将来必ず繋がる人材になります。強力な社外との繋がりはこの先の神郷自動車にとって利益をもたらすのは間違いありません」

「君は、学生に選ばれる会社にできるという自信が?」

「もちろんです。ここにいる社員の方々と一緒であれば」

聡は胸を張った。その姿を見た社長は納得したように頷いた。

「それでは審査結果です。本年度の優秀賞は矢立、大間ペアの【学生育成財団プロジェクト】です」

結果発表の際会場は多くの拍手に包まれた。

主催の企画部部長から、審査の総評が伝えられる。聡と大間さんのプロジェクトについてはまだまだ課題があるものの、もっとも実現性が高くまた神郷自動車が大切にする公益性の観点からみても素晴らしいとのことだった。

「目のつけどころが素晴らしかった。それで毎年恒例の〝願いごと〟は何にしようか」

それまで黙って見ていた会長の卓氏が、拍手をしながら口を開いた。

その言葉に、聡と大間さんの目が光る。

「それはもう決めています。社内恋愛禁止撤廃を求めます」

ふたりは会長をまっすぐ見つめて言い切った。会長は黙ったまま彼らを見つめ返す。

総務部長が慌てた様子で口をはさんだ。

「そ、そんな。もっと他にないかな。ほら海外研修とかまとまった休みとか、おいしいご飯とか、ね？」

「いいえ、私たちが要求するのは、社内恋愛禁止撤廃のみです。この場ですぐご検討いただけないでしょうか？」

大間さんも物おじせずに会長に訴えかける。他の社員が固唾《かたず》をのんで見守る中、専務である猛氏が声を上げた。

「この慣習はわが社に伝わってきた決まりごとだ。ずっと守られてきたものを簡単にないものにはできないだろ」

「どういった理由で？　本来必要のないものですよね」

「今まで必要だったから、あったルールだ。急に失くせない」

以前聞いた通り、専務はかたくなにこのルールを継続させようとしている。議論が進まず周囲はふたりの言葉の応酬《おうしゅう》に黙ったままだ。

私も奈々恵さんもこうなるのを聞かされていなかったので、周囲同様驚いている。

聡ったら、今日で解決させるってこのことだったのね。

たしかにこのプレゼンで優秀な成績を収めると、何かひとつ会社に対する要望を出せる。常識の範囲内ではあるが、自分たちで決められるのもこのプレゼンの特徴《とくちょう》だ。

「恋愛はプライベートで会社に管理されるものではないはずです」

「社外でする分には何も問題ない。しかし社内だとトラブルが業務に影響する。実際過去には大問題に発展した事情もある」

総務部長が、この光景にあたふたしている。場内も各々が意見を口にしはじめてざわつきはじめた。

会場は収拾《しゅうしゅう》がつかない状態になっている。

「わかった。この話は後でする。みんな今日は素晴らしかった。明日からも頑張ってくれたまえ」

その場を収めたのは、ここで一番力のある会長だった。

聡はこの場で返事をもらえなかったことに、悔しさをにじませている。そんな彼の背中を大間さんがポンと叩いて「おつかれ」と言った。

大会議室から出るとき、岡野さんが近くに来た。私は緊張し、事情を知っている奈々恵さんも警戒する。

「十和田さん、矢立君の希望が叶うといいね」

「あなた、何それ嫌味のつもり？」

奈々恵さんは岡野さんの言葉をそうとらえたようだが、私は違った。あの日対峙《たいじ》した彼女から感じた毒気のようなものが抜けていたからだ。

「いいんです」

喰ってかかろうとした奈々恵さんを止めた。

「話しかけてごめんね、それだけ言いたかっただけだから」

岡野さんはすぐにその場を去った。

「自分のしたこと忘れたの？」

呆れたような奈々恵さんだったけれど、私は少しほっとした。

「きっと私に話しかけるのすごく勇気を出したと思うんです。だからよかったなって」

彼女はやり方を間違っていたが、聡を好きだっただけだ。同期として楽しい時間を過ごした記憶もあり、心底嫌いになれなかった。

「お人よしなんだから」

「まあ、取り柄はそれだけなんで」

肩をすくめた私は、ほんの少し足取り軽く自席に戻り、デスクに積まれている伝票をひとつひとつさばいていった。


「文乃、ちょっと来てくれる？」

その日の終業時刻を過ぎたころ、私のもとに聡がやって来た。いつもは会社ではできるだけ会わないようにしていたのだがこんな形で直接呼び出すのは珍しい。

しかも呼び方……。

「矢立君、どうかした？」

「仕事終わっただろう？　ちょっと付き合って」

「うん、いいけど」

奈々恵さんの方を見ると、彼女も聡の様子がいつもと違うと気が付いて頷いた。

私は「お先に失礼します」と声をかけると先に歩きはじめた聡の後についていく。

「ねぇ、いったいどこに行くの？」

「神郷の本家だ」

「えっ、本家って、会長のご自宅？」

「あぁ、そうだ」

短く答えた聡は、会社の前でタクシーを止めると私を先に乗せ自分も乗り込む。誰かに見られていては困ると思い周囲を見渡したが、聡は堂々としている。

行先を告げるとすぐにタクシーは目的地に向かって走りだした。

「ねぇ、こんな会社の前からタクシーに乗って平気？」

「大丈夫だ。悪いな、急に連れだして」

「もしかして今日の続き？」

「そうだ。社内ではなく本家で話をする。家族会議みたいなものだな」

「いいの？　そんなところに私を連れていっても」

「あぁ。もう爺さんに隠すつもりはない。最初からそうするべきだったんだ」

聡は覚悟を決めたらしく、堂々としていた。

その姿を見て、私も心の中で気持ちを固めた。

それから二十分ほど走ると、長い塀が続く。車のまま門扉《もんぴ》をくぐると、目の前に大きな数寄屋造《すきやづく》りの家が現れた。新たに現れた門扉の前でタクシーを降りると、中から白髪交じりの女性が現れた。

「聡様、おかえりなさいませ」

「節《せつ》さん、久しぶりだね。元気だった？」

「はい、お気遣いありがとうございます」

節さんと呼ばれた女性は、私にも笑顔を向けて「ようこそいらっしゃいました」と声をかけた。

「文乃、節さんはずっとこの家でお手伝いをしてくれている人だ」

「あの、お邪魔いたします」

控えめに挨拶をすると節さんはにっこりと微笑んだ。

「それで会長たちは？」

「応接室でお待ちです。皆様お揃いですよ」

「そうか、行こう。文乃」

緊張してうまく声が出ない。指先が冷たい。だけどやっと聡の妻として人前に出られるのだ。ずっとそうしたいと思っていたのだ。だから怖気《おじけ》づいてなんていられない。

そんな私の緊張に気が付いた聡は、私の手をぎゅっと掴んだ。

「大丈夫だ。俺たちは何があっても夫婦だからな」

「……はい」

聡に繋がれた手から、勇気が流れ込んでくる。

「うん」

「行こう」

聡の言葉に頷いて、一歩踏み出した。

立派な廊下の先にある扉の前で、聡がノックをする。すると中から扉が開いた。そこには義実家で働いている岩倉さんがいた。知った顔がありほっとする。

中は明治時代の迎賓館を思わせるような造りになっていた。テーブルの一番奥には会長の卓氏、次に社長の勝氏、そしてお義母様が、向かいの席には専務の猛氏が座っていた。

「お待たせして、すみませんでした」

まずは聡が謝罪の言葉を口にした。

「一番年少者が、最後に来るとはいい度胸だな」

「一般社員なんでね、仕事が終わるまで帰れないんですよ」

絨毯を踏みしめながら皆の待つテーブルに向かう。

聡は専務の言葉に負けじと言い返す。早速ふたりの間に険悪なムードが流れる。もともとあまり相性が良くないのだろうか、お互い目も合わせようとしない。

「聡、そちらの女性は」

「お父さん、彼女は」

お義父様が口添えしてくれようとしたが、会長はそれを手で制止した。

「儂《わし》は聡に聞いているんじゃ」

お義父様はその声にそれ以上は何も言わない。神郷自動車の社長を一言で黙らせてしまう威厳《いげん》に私は思わず委縮《いしゅく》してしまいそうになる。

そのとき聡の手がそっと背中に触れた。そうやって彼はいつだって私を気にかけてくれている。

「わたしの大切な人です。会社では十和田と名乗っていますが、彼女は神郷文乃です」

「どういうことだ？　ちゃんと説明しなさい」

会長が鋭い視線で睨んできた。お義父様やお義母様もじっと聡の言葉を待っている。

「彼女は俺の妻です。俺たち結婚しています」

「な、なんだと！　兄貴は知っていたのか？」

専務が声を上げ、それにお義父様が答えた。

「あぁ、入籍の挨拶に来たよ」

「なんでだ、うちは社内恋愛禁止だろ。それに会長に知らせずに結婚するとはなんてことだ」

専務の怒りは相当なもので、私は顔を上げられずにいた。

「そうやって、ただ神郷自動車の社員だからという理由で頭ごなしに反対されるのがわかっていたから強硬手段に出たんです」

お義父様の隣にいるお義母様は、息子夫婦が糾弾《きゅうだん》されているのを不安そうに見ている。

「聡はわかっていてルールを破った、そうだな？」

会長の言葉に聡は「はい」と返事をした。

専務が大きなため息をついて、イライラと髪をかき上げ吐き捨てた。

「ルール違反のふたりを認めるわけにはいかない」

その言葉を聞き、私は意を決して声を上げた。

「あの、少しお話しさせていただいてよろしいでしょうか」

「文乃？」

急に話しはじめた私に、聡も驚いたようだ。目で大丈夫だからと伝える。

手の震えを強く握りこぶしを作り隠し、なんとか抑えた。

「私、早くに亡くした父親の影響で神郷自動車が大好きなんです。ですから就職できてうれしかったですし、その大好きな会社で聡さんと出会えて心から喜びました」

隣から聡の強い視線を感じる。私は気持ちを強く持ち言葉を続ける。

「色々と迷ったけれど彼とともに歩んでいく決心をして入籍をしました。その後初めて社内恋愛禁止を知りました」

最初は厳しい顔をしていた会長だったが、私が一生懸命話をしている姿に、わずかながら態度をやわらげた。

「ダメだって知ってからも、やっぱり彼と別れる選択肢はなくて、周囲に嘘をつきながら仕事をするのはつらく悲しかったです。だから同じ気持ちで社内で働いている人が自分たちの他にいると思うと、残念だし……私たちだけ勝手に結婚してしまったことに罪悪感を持ったりもしました」

「文乃……」

聡が一生懸命、状況を変えてくれようとしているのを知っていたので、私はこれまで否定的な気持ちを口に出さないようにしてきた。ここまで正直に自分の気持ちを彼に告げたのは初めてだった。

「ルールを破ったのは私たちです。ですからその責任を取って私が退職願を出します。ですので、どうか社内にいる他のカップルたちを認めてもらえないでしょうか？」

「文乃、ダメだ」

聡がすぐさま止める。しかし私は首を振った。

「私、就職できてすごくうれしかった。今でも会社が大好き。だから辞めても後悔しない。それに聡と違って大きな仕事も任されていないし」

「ダメだ。それじゃあ、君を守れたことにならない。辞めるなら俺が辞める」

「聡ってば、何言ってるの？」

驚いた私は目を大きく見開く。しかしびっくりしたのは私だけではない、他の面々も突然の発言に耳を疑っているようだ。

「おい、聞いていないぞ。そんな話」

声を上げたのはお義父様だったが、聡は会長の方をまっすぐ見据えた。

「どちらかしか残れないなら、文乃を残します」

「聡、お前さては今日発表したプロジェクト、独立してやるつもりじゃなかろうな」

「さすがお爺様。その通りです」

悠然《ゆうぜん》と微笑む聡の言葉に、驚くしかない。

「私、そんなの聞いてない」

「俺だって、文乃が辞めるなんて聞いてないから、おあいこだ」

ここそこと話をしていると、会長が咳払いをした。

「わかった、わかった。お前たちふたりの熱意に負けた。社内恋愛禁止は今日から撤廃。これはもしかしたら、今年は結婚報告が増えるかもしれんな。総務部長には儂から声をかけておこう」

その言葉に、聡と私は見つめ合って微笑んだ。

「ありがとうございます。会長」

「儂だって、後継者と優秀な社員を失うのは困るからな」

にっこりと微笑んだその顔は、会長というよりは祖父の顔をしているように見えた。

しかし、この場で納得してない人もいた。

「会長、そんな簡単にルール変更するなんてどうかしてる！」

専務はまだ納得ができないようで、顔を赤くして憤慨《ふんがい》している。

しかしそんな彼を会長が一蹴《いっしゅう》する。

「そもそも、お前の大失態のせいで設けたルールだ。頭を下げてもいいくらいなのに、まだかたくなに甥の結婚を許さないというのか？」

「そ、それは！　あれはあの女が悪かっただけで――」

「酒に酔って寝所で女に機密情報をべらべら漏らしたあげく、金を巻き上げられたやつが偉そうにするな。あのとき大きな計画が台無しになって経営にも影響を及ぼしそうになったのを忘れたのか！」

「お父さん！　それは言わないって約束したじゃないですか」

さっきまで怒りに満ちていた専務の表情が青くなる。

「その尻ぬぐいにどれだけの人数が奔走《ほんそう》したと思っておる。だからこそ設けたルールだったのにお前はそのせいで、あの詐欺師《さぎし》まがいの女と別れさせられたと思ってるんだろう？　だから聡が幸せになるのを許さないんだ。本当に度量の狭い男だ」

会長の呆れたような言い方に、それまで成り行きをハラハラ見守っていたお義母様は「あらまあ」と声を上げた。その気の抜けた声に、張り詰めた空気が緩んだ。

「くそっ」

それまで声高に叫んでいた専務だったが、昔の失態をばらされて居場所がないと思ったのか立ち上がり何も言わずに部屋を出ていった。専務が部屋を出るか出ないかのタイミングで会長が聡と私を呼び寄せた。

「ふたりとも、こちらに来なさい」

聡は私の背中に手を添えて、会長の前までエスコートしてくれる。

初めて近くで見る会長の姿に、私は緊張でがちがちだった。聡が隣にいてくれるのでなんとか逃げださずにいられた。

挨拶をしようと顔を上げると、先に会長が口を開いた。

「儂は悲しい」

「え？」

一瞬、驚き目を見開く。続けて叱責されるのだと思ったが、それは杞憂《きゆう》に終わった。

「こんなかわいい嫁を、ずっと隠していたとは、なんて恩知らずなんだ。聡は」

「そっちかよ……」

聡も会長の言葉に少なからず驚いていたみたいで、真意を知って胸をなでおろす。

「文乃さんと言ったかね。はじめまして。聡の祖父です」

ここで会長と言わなかった彼の顔には、柔らかな笑顔が浮かんでいた。神郷自動車の会長でも経済界の重鎮《じゅうちん》でもなく、ただの祖父としての顔だ。

「お初にお目にかかります。文乃です」

「かわいい子だろ。爺さん」

聡が横からチャチャを入れるので、私はわずかに頬が赤くなるのを感じた。

「儂に黙ってでも結婚したかった相手だろ。大切にしなさい」

「はい」

会長は聡から視線を私に移した。

「あの時代遅れのルールのせいで、君にはつらい思いをさせたな。あのとき専務の猛は女のことしか頭になくまた同じ過《あやま》ちを繰り返す可能性があったんだ。自分の息子のしでかした事件で、社員にずっとつらい思いをさせていた。週明けにでも詫びるつもりだ」

「会長……あの、みんな喜びます。私も神郷自動車が大好きでどうしても働きたくて、でも彼もあきらめられなくて。本当は早くご挨拶もしたかったんですが、会長がお決めになった決まりを破っている手前なかなか来られずに申し訳ありませんでした」

黙って結婚したことを心から謝罪した。

「いや、どうせ聡が考えたんだろう」

「あはは。入籍したらどうにでもなると思ったんだ。意味のないルールだと思ったし。でも違った。どんなルールでもそれがある意味を考えないといけないし、無理を通し文乃につらい思いをさせた。反省してる」

「そうか、そうか。まあ、神郷の男は女が絡むと常識はどこかにいってしまうからな。たしか勝のときも――」

「お義父さん、そのくらいで」

にっこりと話を止めたのは、お義母様だ。

「では、その話はまたの機会にしよう。今度はふたりで遊びにおいで」

「はい」

私がうれしさを隠せずに返事をすると、会長もまた笑顔で頷いた。


ふたりが晴れて名実ともに神郷家に迎え入れられた日の週明け。

社内掲示板には会長からのメッセージが掲載された。内容はこれまで暗黙のルールとしてあった【社内恋愛禁止】を撤廃すること。それに伴いワーク・ライフ・バランスを考えるプロジェクトのメンバーを、部署関係なく募集することが発表された。

その文章には、長い間ルールのもとで苦しんできた人への謝罪もあった。

私と同じく画面でその内容を見ていた奈々恵さんが「はぁ」と息を吐いた。

「矢立君、やってくれたわね」

「はい。頑張ってくれました。もちろん大間さんのお力添えあってですけど」

彼の思い描いていたことが実現したのは、本当にうれしい。ふたりで笑い合っていると、経理部の入口から「奈々恵ー！」と声を上げながら大間さんが走って来た。

「何？」

いつも通りの塩対応。しかし大間さんは満面の笑みだ。

「これで俺たちも堂々と交際宣言できるな」

うれしそうに大間さんは奈々恵さんの後ろを右左に動き回る。その様子を見ていた数人の社員が「あのふたりやっぱり」と言うような顔で見ている。

「は？　ばか言ってないでさっさと仕事しなさいよ」

以前と変わらない奈々恵さんのドライな対応に、周囲は「それはないか」と思い仕事をし始めた。

「そんなぁ。ひどい」

泣きまねをして見せる大間さんを横目でちらっと見て、奈々恵さんは気にせず仕事をはじめた。

「ひどいなぁ。でもそういうところが好きだから仕方ない」

大間さんはすぐに立ち直りフロアを出ていった。

その後ひと月もせずに、ふたりの結婚が社内で発表になったときには、周囲が「あれ本気だったの？」と驚いた。そしてそのおめでたい報告を皮切りに、今年は例年にないほど社内報で結婚が報じられるようになった。

社内で生まれた愛が、次々と実を結びはじめたのだ。

エピローグ

それから二年後。

私はまだ十和田文乃として経理部で働いていた。ここ最近は来週より産休に入る奈々恵さんから仕事の引き継ぎを受けている。

「もともと一緒にやっていた仕事が多いから問題ないと思うけど、どう？」

「きっちり引き継いでもらえましたし、私ひとりで引き継ぐわけではないので。他の人も手伝ってくれますから、お休みに入ったら赤ちゃんのことだけ考えてください」

「ありがとう。ふ～もう、歩くのも大変なのよ」

大きなお腹を愛おしげにさすりながら、奈々恵さんは慎重にホテルの廊下を歩く。

今日は神郷自動車創立八十周年記念式典が、ホテルのバンケットホールを貸し切って行われる。本社の社員は皆そちらに参加する。その他の支店なども会場を借りており、各地を中継で繋ぐ予定だ。ふたりは化粧室に入ると、鏡の前に立った。

「マタニティのかしこまった服探すの、大変だったんだから」

「たしかに、そんなに登場回数も多くないですしね」

「そうなのよ。でもせっかくだから、ちゃんとした格好したいじゃない」

「わかります。やっぱりかわいい服着るとうれしくなりますよね」

私も今日は、ボルドーのワンピースに身を包み、髪はアップにしている。耳元に揺れるパールのイヤリングを鏡越しに見ると、思わず笑みが漏れた。


それは今朝の話だった。今日のパーティに参加するためにフォーマルスーツを着た聡が、入社前に私が贈ったネクタイをリビングで手にしている。

「ちょっと待って」

メイクをしていた手を止めて、自分のクローゼットから紙袋を持ってきた。

「これ、聡に」

「え、何？」

驚きながらも笑みを浮かべた彼は、袋を受け取ると早速中身を取り出した。

「ネクタイか！　いいじゃん」

聡はプレゼントしたネクタイを掲げながらうれしそうに見ている。この日のために少し前から準備していたものだ。

「これって、文乃の今日のワンピースと色合わせてくれた？」

うんうんと頷くと、聡は私をぎゅっと抱きしめた。

「ありがとう。本当に最高にうれしい」

「よかった。ねぇ、つけてあげる」

私の言葉に、聡はネクタイを差し出した。

「少しかがんでくれる？」

「あぁ」

膝を曲げた聡の首にネクタイを回す。その瞬間、彼が私の唇に軽くキスした。

「もう、ダメ！」

「ごめん。でもかわいかったから」

まったく反省などしていない顔で、ニコニコと笑っている。私も怒ったふりをして彼の首にネクタイを締める。結婚してから覚えたけれど、今ではずいぶん上手になった。聡が喜んでくれるので私もうれしくて時間があれば彼のネクタイは私が結んでいた。

「はい、できあがり」

きゅっと締めると、またもやチュッとされる。

「もう」

膨れてみせても、聡はちっとも気にしていない。

「今のは、お礼」

うれしそうに姿見の前に立って、ネクタイを見ている姿を見ると準備しておいてよかったなと改めて思う。

「あ、そうだポケットチーフも同じものを用意したの。待ってね」

私はチーフを取り出し綺麗にたたむと、彼の胸ポケットに差し込む。

「うん、これで完璧。かっこいい！」

「ありがとう、そんな文乃に俺からはこれを」

聡がポケットに入れていた手を広げた。そこにはパールのイヤリングがある。

「これ、私に？」

驚きで口元に手を持っていき、笑みをこぼした。

「あぁ。俺も用意していたのにまさか文乃に先を越されるなんてな」

聡は私の髪を耳にかけた。

「このかわいい耳に、つけて見せて」

ゆっくりと耳朶《じだ》を触られて思わずビクッと反応した。それを見て彼は楽しそうに目を細める。

言われた通りに、聡の手のひらからイヤリングを取るとそれをつけて見せた。

「どうかな？」

「あぁ、すごく似合ってる」

姿見を見て、うれしくなっていると鏡越しにそれを見ていた聡と目が合う。

「ありがとう。うれしい」

微笑み合うと、彼が私を後ろに振り向かせてぎゅっと抱きしめた。

「最近俺たち、考えることまで似てきたな」

「うん、そうかも。なんとなく今日プレゼントをあげたかったの」

「俺も同じ気持ちだ」

そんなやりとりをしていると、あっという間に出発の時間になってふたりして慌てて家を飛び出した。


「ねぇ、そのパールのイヤリング素敵ね」

「はい、彼からのプレゼントなんです」

思わずのろけてしまった私に奈々恵さんがジト目を送る。

「はいはい、相変わらずラブラブね。ねぇ、あなたたちまだ結婚公にしないの？」

私と聡は交際自体は隠していないものの、まだ入籍は発表していない。

「色々と事情があって」

「そう、でもまあ仲がいいから後のことはどうにでもなるわね。行きましょう」

さらっと奈々恵さんに勇気づけられる。

「奈々恵さん、元気な赤ちゃん産んで欲しいですけど、来週から寂しくなります」

会場に向かって歩きながら、思わず本音を漏らしてしまった。

「そんなかわいいこと言ってくれるなんて。私こそあなたが入社してからずっと楽しかったわ。ありがとう」

「奈々恵さ〜ん」

思わず目が潤みそうになる。

「ほら、ぐずぐずしてるといい場所なくなるから行くわよ」

「はい！」

ドライに見えるけれど本当は情に厚い奈々恵さんの後に続いて、会場に入った。

有名人の披露宴を行うほど広いバンケットホールの中は人でごった返していた。壁際にある椅子を見つけると奈々恵さんを座らせる。

「ありがとう」

「はい。聡から奈々恵さんは必ず着席させておけって言われてるので」

「あら、妊婦に優しいじゃないの」

「私にも優しいですよ」

「あらら、ご馳走様《ちそうさま》」

そんなやりとりをしていると、司会者が開会のアナウンスを始めた。

会長の挨拶から始まり、次いで、社長により会社の歴史が語られた。神郷自動車のファンの私はその説明を真剣なまなざしで聞いていた。

それから乾杯をして、歓談に移るはずだった。

「ここで新しく迎える専務を、皆様にご紹介します」

新しい専務？　そういえば猛専務はこの会場にはいないようだ。キョロキョロと見回していたけれど、会場のざわめきとともにマイクの前に立った男性を見て私は思わず声を上げそうになり慌てて口を押さえた。

「矢立君がなんであそこに？」

奈々恵さんの疑問に答えられず、首を左右に振った。

「皆様、神郷聡としてお会いするのは初めてかと思います。海外事業部では矢立という名で皆様にご指導いただいておりましたが、神郷猛専務の勇退《ゆうたい》に伴い専務に就任いたしますので、皆様にご挨拶させてください」

「どど、どういうこと!?」

椅子に座っていた奈々恵さんがずり落ちそうになるのを支えた。

「あの、それは、その」

聡ってば、奈々恵さんが驚いて何かあったら大変だから座らせておくように言ってきたのね。もう、私にも一言くらい伝えておいてくれれば良かったのにっ!

皆の前で堂々と話をする聡を思わずふくれっ面で睨みそうになる。

しかしその立派な姿を見て、とうとうこの日が来たのだと実感する。

入社してからこれまで一般社員という立場であれこれ仕事をすると同時に、いつか経営側に回ったときにどういう会社にしたいかを彼は常に考えていた。その夢がやっと動きだすのだ。きっと私今、ここにいる誰よりも聡を見ている。

目が離せない。いつも誰よりも近くにいて、どんな彼も知ってるつもりだったのに今日見る彼はまた新しい彼に見えてその彼にまた恋に落ちそうだ。

「それとここからは私的なご報告になりますが、本日よりもうひとり〝神郷〟を名乗る人物がおりまして――」

会場が一瞬ざわつく。

え、待って。もしかして——。

「文乃、こっちに」

「えっ……」

ずいぶん距離があったが、聡が手を差し出した。会場の視線が私に向けられ、一気に緊張が高まった。

な、何にも聞いてないんだけど。皆からの注目に一気に顔を赤くした。

「ほら、いってらっしゃい」

戸惑っている私の背中を押してくれたのは、優しく微笑む奈々恵さんだった。

「はい」

奈々恵さんは勇気づけるように私の背中を二回ほどポンポンと叩いた。力をもらった気がしてそのまま一歩を踏み出し聡のもとに向かう。たどりついたとき彼がそっと手を引いて、自分の横に立たせた。

「彼女はこれまでは経理部の十和田文乃でしたが、今日からは〝神郷文乃〟になります。わたしの妻なので」

ちょうど目の前にいた経理部の先輩が「妻⁉」と声を上げて目を白黒させている。

「実は入社前に入籍しましたので、彼女はずっと戸籍上は神郷だったのですが、諸々の事情があり今まで発表できずにいました」

聡が私の方を見る。

「当時社内恋愛禁止を知っておきながら入籍したわけですが、既成事実さえあればどうにかなると思っておりました。しかし本来はわたしのような立場の者こそルールについてよく考え、正し、守るべきだと、若輩者《じゃくはいもの》のわたしにわからせてくださったのが皆さんです」

総務部長に最初に言われた言葉だ。それに社長も聡と私、ふたりで解決するよう見守ってくれた。大間さんや奈々恵さんもお互いの悩みを打ち明け合って支えてくれた。

「まだまだ皆様のご指導が必要な立場です。今後ともわたしとそして妻の文乃をよろしくお願いします」

聡が頭を下げ、それに倣《なら》い私も頭を下げると、会場が多くの拍手に包まれた。その拍手に涙ぐむ。

「文乃、これからもよろしく」

「はい」

頭を下げたまま会話を交わしたふたり。顔を上げるとスタッフがふたりのもとにシャンパンの入ったグラスを持ってきた。

「それでは今後の皆様のご健勝と、神郷自動車の発展を願って、乾杯」

聡の声の後に続いて、会場からは「乾杯」の声がこだました。そしてまた大きな拍手に沸き立った会場では、食事が始まり各々歓談しはじめる。

色々な人がふたりのもとを訪れた。これまで黙っていたことを軽く非難する人もいたがおおむね、皆好意的に受け止めてくれた。

それは日ごろから、個人として私たちを皆が受け入れてくれていたゆえだろう。

やがて私たちの周りから、人がいなくなった。その隙に聡が会長と社長のもとに私を引っ張っていく。

「すみませんが、俺たちはこれで失礼します」

「なんだ、この後一緒に飲みたかったのに、もう帰るのか？」

会長が残念がって、ふたりを引き留めようとする。

「この後は、自由解散でしょう。せっかく堂々と夫婦を名乗れるようになったので、妻と過ごしたいんです」

家族の前でそんなにはっきりと言わなくてもいいのにと思いつつ、聡の意見に賛成だった。

「わかった、わかった。文乃さん近いうちにうちにも必ずいらっしゃいな」

「あら、本家だけじゃなくて、うちにもいらしてね」

会長の言葉にお義母様が対抗する。

「ダメダメ、当分は俺がひとりじめするから、じゃあ」

家族で私を取り合い状態だ。困ったけれどこんなふうに受け入れられて心から喜びを感じる。

「あの、またすぐにお邪魔します。今日はこれで失礼します」

私の言葉に、会長をはじめ義理の両親も手を振って見送ってくれた。

聡と私は人込みに紛れて、会場を抜けだした。


駐車場に停めてあった聡の車に乗り込む。家族以外には告げずに抜け出した。そのせいかほんの少しの罪悪感はあるが、いたずらする前の小さな興奮みたいなものでわくわくしていた。

「これから、どこに行くの？　待って、聡お酒飲んでない？」

さっき乾杯の音頭を取っていたが大丈夫だろうか。

「抜け出すつもりだったから、ホテルのスタッフに最初からアルコールはＮＧだって言っておいた」

「さすがだね」

そういうところ、本当にぬかりがない。私がシートベルトをしたのを見て車を発進させた。

「どこにいくの？」

「決めてない」

楽しそうにハンドルを握りながら、聡がそう告げた。

「楽しそう！」

私の反応を見た彼は、アクセルを踏み込んで夜の街を走り抜けた。

到着したのはふたりの思い出の場所だ。

昔ふたりで乗った観覧車《かんらんしゃ》がすぐそこに見える。車を降りて景色を眺めた。

「思いつくまま走らせてたらここに着いた」

ふたりで手を繋ぎゆっくりと海辺を歩いた。時折海からの潮風に髪が舞い上がる。

「こんなふうにのんびりするの、久しぶりだね」

私は繋いでいた手を離し、彼の腕に両腕を絡めてより聡に近付いた。

聡はそんな私を愛おしげに見つめる。ふたり少しの間無言で海を見つめた。

私は、ふと初めてのデートを思い出していた。その日も今日と同じように聡の車でこの場所を訪れていた。あのころまだ聡を『矢立君』って呼んでいたな……。
あの日はたしか――。

到着してすぐに観覧車を目指す。そこにはすでに長い列ができていた。ふたりで並んで順番を待つ。

初めてのデートで長い待ち時間を持て余し、話が続かなくて気まずくなるカップルもいるだろう。しかし私たちにはそんな心配は必要なかった。

待っている間も話が途切れず、待ち時間さえも楽しんだ。

赤色のゴンドラに乗り込んで、向かい合って座る。ゆっくりと地上が遠ざかっていく様子を、私はガラスにへばりついて見ていた。

「はぁ、すごい。もうあんな向こうまで見える！」

外から見上げているときには、ゆっくり見える観覧車だったが、乗ってしまえばあっという間に高いところまで来た。自宅の方角に家が見えるか目をこらしてみる。

「さすがに見えないだろう」

「うん、そうかも。あ、矢立君ちはどのあたりなの？」

「ん～そうだな」

立ち上がった聡が、私と視線を合わせるようにして隣に座ってきた。

急に近づいた距離に、胸がドキンと音を立てた。

「ここからじゃ、うちも見えないな。あっちのほうだけど――」

聡が話しながら、腕を伸ばし外を指さす。その勢いで私の体を抱きしめるような体勢になり、ますます意識する。そうなると彼が話している内容は、半分も頭の中に入ってこなかった。

緊張している私をよそに、聡はその後も隣に座ったままだ。

「……文乃」

「えっ！　はい」

肩をびくっとさせて驚いた私に、聡は声を出して笑った。

「ふふ、ごめん。急に名前を呼んで。でも十和田さんって他人行儀じゃない？　俺たち付き合っているんだし」

「そ、そうだね」

付き合っているといっても、つい最近始まったばかりの関係だ。彼女としての自覚がやっとでてきたというくらいのレベルだった。

「じゃあ、文乃って呼んでもいい？」

「うん。もちろん」

実際くすぐったいだけで、嫌なわけじゃない。むしろ歓迎している。

「じゃあ、俺を聡って呼んで」

「え！　いや、それはいきなりすぎない？」

「なんでだよ、おかしなこと言うな。さっき俺たち付き合ってるんだからって話をしたじゃないか」

「それは、そうなんだけど」

私は恥ずかしくて頬に熱が集まるのを感じる。その恥ずかしがる様子を、聡は楽しそうに見ていた。

名前を呼ぶなんて特別な感じがしてこんなふうに注目されていると呼びづらい。

「じゃあ、呼んでみて」

「う……」

パクパクと口を動かす私を、聡は面白がる。

「あ！　そういえば、神郷自動車の本社ってどっち？」

耐えきれなくなった私は、わざと大きめな声を出してガラスにへばりついた。

「えーあっちかなぁ。どっちだろう」

ひとりで芝居がかったセリフを続ける私の頬はますます熱くなる。恥ずかしがっているのはおそらく聡にばれているだろう。

いったい何度赤面するのだろうか、自分でコントロールできずにどうしていいかわからない。

「そんな恥ずかしがるなら、いっそ名前呼んだほうが楽じゃないのか？」

苦笑交じりの聡が、私により近づき背後でクスクス笑っている。

「な、なんの話だっけ？」

「本当にごまかすのが下手だね」

聡は呆れつつも、笑っていた。

「まあ、いいさ。俺たちはこれからなんだから」

背後からそう伝える彼を見ようと、私はわずかに後ろを振り返った。

「う、ごめんね。いつかちゃんと呼ぶから」

「気にしなくていい。今日のところは俺が君の名前を呼べるようになったから満足だよ」

「うん……」

私は小さく頷いた。

「いや、これで満足って言ったけど、本当は期待しているから」

「もう、いったいどっち？」

クスクスと笑う私の顔を見た聡も、自然と頬が緩んだ。

ドキドキするけど、楽しい。

そう思いながら短い空中散歩を楽しんだ。


「文乃、何考えてる？」

「ん？　初めてのデートを思い出していたの。なんかすごく鮮明に覚えてるの。『聡』って言えなくて四苦八苦してたの、聡は覚えてる？」

「あぁ、もちろん。あのときの文乃も、今の文乃もかわいいよ」

最愛の人にそう言ってもらえるのはうれしい。

「ここはふたりの思い出の場所だね」

「あぁ、そうだな。これからもっと思い出深くなる」

聡の言葉の意味がわからず、首をかしげる。

そんな私に彼は、熱く真剣なまなざしを向けた。

「文乃、これ受け取ってもらえるか？」

聡が濃紺のベルベットの箱を取り出し、私の前でその箱を開けて見せた。

「今まで周囲に秘密にしていたからって、結婚指輪はいらないって言ってただろ？　でも今日すべて公になったんだ。そろそろ俺からこれを受け取ってくれてもいいんじゃないのか？」

聡は箱から指輪を取り出した。そして私に左手を差し出すように促す。シンプルなプラチナの指輪。裏側には聡と私のイニシャルが刻まれている。プロポーズのときにもらった婚約指輪と同じブランドのものだった。

胸がいっぱいで、言葉が出てこない。目を潤ませながら無言で手を差し出した。

「文乃、君に永遠の愛を誓う」

心のこもった愛の言葉を贈られ、左手の薬指に結婚のしるしの指輪がはめられた。聡の愛の表現が自分の指にあるのを確認して、またしても感動を覚えた。

「俺の指にもはめてくれるか？」

聡に促され、私は箱の中から彼の指輪を取って、彼の左手の薬指にはめた。しなやかで長い指に指輪が輝く。

目を潤ませ彼を下から見つめる。私の両手を彼が握ると、そっと唇が落とされた。

これまで何度も重ねてきた唇。いつも新鮮で、ときめきを運んでくる。

「聡……私も愛してる」

唇が離れそうになった瞬間に、愛の言葉を告げた。

「かわいくて、キスやめられないんだけど」

その言葉通り、ふたりは満足するまでお互いの唇を重ね合った。


ライトアップされた港を歩きながら、ふたりは駐車場へ向かう。

「次は結婚式だな。早めに式場探そう。待たせたぶんやりたいこと全部やろう。いっそ海外もいいかもな」

「海外かぁ。でも結婚式よりも先に、あの車買い換えないといけないかも」

「どうした、何か気になるところがある？　もしかして別に乗りたい車があるのか？」

足を止めた聡は私の顔を覗き込んだ。私が車好きなのを知っている彼らしい言葉だ。

私は首を振ってそれを否定した。そして彼の手を取り、自分の腹部に押し当てた。

「だって今の車、チャイルドシートに子ども乗せづらいかなって」

「え……」

聡が急に立ち止まり、目を見開く。

普段驚かされてばかりの私は満足げに笑みを浮かべた。

「しかも、ふたつ必要なの」

「ふ、ふたつって」

声を上げる聡を見て、笑い声をあげた。

「赤ちゃん、ここにいるの。ふたり」

「あぁ！　文乃っ！」

聡が力いっぱい私を抱きしめて、快哉《かいさい》の声をあげた。

「本当に最高だ、なぁ。本当に？　男？　女？」

「まだわかんないよ」

予想以上の聡のはしゃぎっぷりに、私はますます笑みを深める。

「文乃、君と歩く人生はたまらなく楽しいよ、愛してる」

輝くような笑みを浮かべた聡の頬を、私が両手で包み込む。そして自ら口づけた。

キスの数だけ、幸せを積み重ねるように……。

END

あとがき

この度は『社内極秘婚ですが、溺愛旦那様の最高潮の独占欲で蕩かされています』をお読みいただきありがとうございます。

私にしては珍しく同じ歳カップル。しかもいつもより年齢が若干低めの初々しい？ふたりを書きました。完璧ではないけれど、主役ふたりの成長を感じていただければ幸いです。

表紙のイラストは幸村佳苗先生に描いていただきました。お忙しい中素敵に描いて下さりありがとうございます。

そして編集部の皆様。締め切りの件ではご迷惑をおかけしました。色々と相談にのっていただき、おかげさまで本にできてほっとしています。

そして最後になりましたが、読者の方々の「読んだよ」の声にいつも支えられています。これからも胸に残る作品をお届けできるように頑張ります。

感謝をこめて。

高田《たかだ》ちさき

マーマレード文庫

社内極秘婚ですが、溺愛旦那様の最高潮の独占欲で蕩かされています

2022年11月15日　第1刷発行　定価はカバーに表示してあります

著者　高田ちさき　©CHISAKI TAKADA 2022
発行人　鈴木幸辰
発行所　株式会社ハーパーコリンズ・ジャパン
東京都千代田区大手町1-5-1
電話　03-6269-2883（営業部）
0570-008091（読者サービス係）
印刷・製本　中央精版印刷株式会社

Printed in Japan ©K.K. HarperCollins Japan 2022
ISBN-978-4-596-75553-7

m a r m a l a d e b u n k o